Autor _ STERNE
Título _ VIAGEM SENTIMENTAL

Copyright	Hedra 2008
Tradução©	Luana Ferreira de Freitas
Edição consultada	*A Sentimental Journey Through France and Italy*. London: Penguin, 2001
Agradecimento	Walter Carlos Costa
Corpo editorial	Alexandre B. de Souza, André Fernandes, Bruno Costa, Caio Gagliardi, Fábio Mantegari, Iuri Pereira, Jorge Sallum, Oliver Tolle, Ricardo Valle, Ricardo Musse

Dados	Dados Internacionais de Catalogação na Publicação (CIP)

Viagem Sentimental pela França e Itália /
Sterne, Laurence (trad. Luana Ferreira de
Freitas) – São Paulo : Hedra : 2008 :

Bibliografia.

ISBN 978-85-7715-034-2

1. Literatura inglesa I. Ficção

CDD-823

Índice para catálogo sistemático:
1. Literatura inglesa : Ficção : 823

Direitos reservados em língua
portuguesa somente para o Brasil

EDITORA HEDRA LTDA.

Endereço	R. Fradique Coutinho, 1139 (subsolo) 05416-011 São Paulo SP Brasil
Telefone/Fax	(011) 3097-8304
E-mail	editora@hedra.com.br
Site	www.hedra.com.br

Foi feito o depósito legal.

Autor _	Sterne
Título _	Viagem Sentimental
Tradução _	Luana Ferreira de Freitas
Introdução _	Luana F. de Freitas
	e Walter C. Costa
São Paulo _	2008

hedra

Laurence Sterne (Clonmel [Irlanda], 1713–Londres, 1768) escreveu poesia e sermões, mas foi como romancista que se consagrou como um dos grandes inovadores da literatura ocidental e um mestre da narrativa. Em 1738, ordena-se cônego de York e muda-se para Sutton-on-the-Forest, próxima a York. Sua carreira literária inicia-se de forma vacilante em 1743 com a publicação de sermões e poemas, ignorados pela crítica. Sua próxima incursão literária, em 1759, com a publicação de *A Political Romance* (Um romance político), foi proibida por tratar de um tema-tabu na época: a ganância do clero. Contudo, no mesmo ano, Sterne publica os dois primeiros volumes de *The Life* and Opinions of Tristram Shandy, Gentleman (A vida e as opiniões do cavalheiro Tristram Shandy), sua obra-prima, finalizada em 1767, que obteve um estrondoso sucesso e daria a Sterne pleno reconhecimento literário. Durante grande parte da sua vida, Sterne teve saúde debilitada, por isso foi forçado a alternar as festas e jantares em Londres com algumas viagens ao continente europeu para restabelecer a saúde.

Viagem sentimental pela França e Itália (*A Sentimental Journey through France and Italy*, 1768) foi escrito a partir dessas experiências como viajante. Idealizado como um romance em dois volumes, ficou inacabado devido à frágil saúde do romancista, que publicou apenas a porção dedicada à França. Sterne morreu apenas três semanas depois da publicação do primeiro volume. O cenário da viagem, no entanto, é pretexto para o narrador, Yorick, pintar com bastante ironia, os aspectos mais subjetivos da vida. A obra pode ser considerada precursora do romance moderno, e teve admiradores ilustres como Machado de Assis e James Joyce.

Luana Ferreira de Freitas é doutora em Teoria Literária pela Universidade Federal de Santa Catarina. Traduziu *O assassino em mim*, de Jim Thompson (Planeta, 2004), entre outros. Atualmente prepara uma tradução comentada de *Tristram Shandy*, de Laurence Sterne.

Walter Carlos Costa cursou Filologia Românica na Katholieke Universiteit Leuven, na Bélgica, e fez doutorado em Inglês na University of Birmingham, Inglaterra. É professor do Departamento de Língua e Literatura Estrangeiras da Universidade Federal de Santa Catarina (UFSC) desde 1982. Traduziu *Florença, um caso delicado*, de David Leavitt (Companhia das Letras, 2002).

SUMÁRIO

Introdução, por Luana F. de Freitas e Walter C. Costa — 9

VIAGEM SENTIMENTAL PELA FRANÇA E ITÁLIA — 21

Volume I — 23

Volume II — 89

Índice — 155

INTRODUÇÃO 9

LAURENCE STERNE nasceu em Clonmel, capital do condado de Tipperary Sul, na Irlanda, em 1713, filho de Agnes e Roger Sterne, um militar inglês empobrecido. Apesar de pertencer a uma família ilustre, Roger Sterne, quando o seu filho nasceu, passava por privações materiais, que se arrastariam até a sua morte, em 1731. O regimento em que seu pai servia deslocou-se inúmeras vezes, de modo que a família teve de se mudar para diferentes partes da Inglaterra e da Irlanda, nunca vivendo mais de um ano no mesmo lugar. As freqüentes mudanças, as constantes ausências do pai e a instabilidade financeira marcaram de forma tão definitiva a vida de Laurence Sterne que ele próprio acabaria repetindo traços do modelo paterno. Ainda assim, graças à influência de parentes, Sterne foi enviado a Halifax, em Yorkshire, aos 10 anos, e nunca mais veria o pai. Em 1733 começou a estudar em Cambridge, onde obteve a licenciatura em 1737 e o título de mestre em 1740. Seu bisavô tinha sido, quase cem anos antes, arcebispo de York e diretor do Jesus College, uma das faculdades de Cambridge. Apesar das dificuldades familiares, pode-se dizer que Sterne teve uma ótima formação intelectual.

Sem muita alternativa de subsistência, Sterne optou pela vida religiosa, que lhe assegurava moradia e estabilidade financeira. Assim, em 1738, ordena-se e, com a ajuda de um tio, Jaques Sterne, cônego de York, transfere-se para Sutton-on-the-Forest, próxima a York. Otto Maria Carpeaux assinala que o caminho seguido por Sterne não era incomum na época, entre os escritores:

INTRODUÇÃO

Com efeito, era vigário, sacerdote da Igreja Anglicana, e essa sua condição é de importância literária. A igreja oficial da Inglaterra estava quase secularizada, servindo de fonte de renda aos filhos mais jovens da aristocracia; os prelados não brilhavam pela ortodoxia nem pelos costumes, e as paróquias eram administradas por pobres vigários, a quem o cura – beneficiado nobre, vivendo na cidade ou no castelo – pagava como substitutos. Esses vigários – o pai de Goldsmith foi um deles – eram, não raramente, homens dignos e cultos, amigos da população rural, estudiosos ou escritores diletantes como White of Selborne, criadores do gênero pré-romântico do "idílio sentimental"; não eram muito ortodoxos, mas antes contaminados pelo deísmo, e por isso menos amigos de Deus que dos homens. Sterne foi um vigário assim, pela filantropia algo chorosa, pelo sentimentalismo, pela curiosidade erudita, e, apesar de tudo, pela consciência moral do deísta, que o distinguiu e lhe salvou a dignidade.[1]

Em 1741, Sterne casa-se com Elizabeth Lumley e em 1747 nasce Lydia, a única filha do casal. O temperamento difícil de Elizabeth aliado às constantes e célebres relações amorosas extraconjugais do marido impossibilitaram, com o passar dos anos, a convivência do casal.

Sterne teve sua primeira experiência como escritor por volta dos trinta anos, como jornalista político. Mais uma vez, por influência do seu tio Jaques, interessado em que Sterne escrevesse artigos defendendo seu partido político, o liberal Whig. A carreira jornalística foi prontamente interrompida quando Sterne decidiu romper com o partido e com seu tio por achar o trabalho indigno. Sua carreira literária começa com a publicação do poema "The Unknown World", na *Gentleman's Magazine*, em 1743, e de dois sermões; tanto o poema como os sermões passaram despercebidos. Em janeiro de 1759, publicou *A Political Romance* [Um romance político], que, por abordar a ganância de alguns membros do clero, teve todos os seus exemplares incinerados por ordem do arcebispo de

---

[1] Carpeaux, 1961: 1498–9.

York. Até então Sterne tivera pouco sucesso em suas incursões literárias. Contudo, em dezembro do mesmo ano, os dois primeiros volumes de *The Life and Opinions of Tristram Shandy, Gentleman* [A vida e as opiniões do cavalheiro Tristram Shandy], são publicados em York, em uma edição limitada de cerca de 500 cópias e, em dois meses, Sterne se torna uma celebridade.

Sterne, aproveitando a fama, publicou dois volumes de sermões, *The Sermons of Mr. Yorick* [Sermões do Sr. Yorick], em maio de 1760, e outros dois volumes em janeiro de 1766. Os volumes de *Tristram Shandy* aparecem de maneira mais ou menos regular até o último, o IX, em janeiro de 1767. Neste interregno de sete anos, entre o reconhecimento como escritor e o lançamento do último volume de *Tristram Shandy*, Sterne viaja duas vezes para o continente, visita a França e a Itália, por períodos mais ou menos longos, a primeira com duração de quase dois anos e a segunda de oito meses. A partir destas viagens, Sterne coleta material para escrever passagens de *Tristram Shandy* e *A Sentimental Journey* [Viagem sentimental]. Em 27 de fevereiro de 1768, Sterne, já muito doente, publica os dois primeiros volumes de *A Sentimental Journey*. Duas semanas mais tarde, em dezoito de março de 1768, Sterne morre, em Londres, depois de apenas oito anos de fama, ainda que nem sempre positiva.

Talvez os dois fatos mais importantes não apenas para o sucesso literário de Sterne, como também para o de seus contemporâneos, foram a diminuição da taxa de analfabetismo decorrente do processo de industrialização na Inglaterra e a conseqüente ascensão do romance como gênero literário. É importante observar que a Inglaterra de meados do século XVIII já é um estado industrial desenvolvido. Este processo de industrialização, que é resultado da ascensão da burguesia desde o século XVII, causa um impacto na estrutura da sociedade inglesa ao atrair para os centros urbanos uma grande quantidade de habitantes de zonas rurais. Os centros urbanos, Londres sobretudo, contam então com uma considerável população de trabalhadores alfabetizados. A maciça imigração para os centros urbanos, aliada a um nível crescente de alfabetização entre as classes mais pobres da população urbana, gerou uma demanda igualmente crescente de material impresso, entre os quais destacam-se jornais e revistas, cujo conteúdo abarcava poesia, ensaio, política e crítica literária. Editores e livreiros perceberam que a literatura podia ser lucrativa e a indústria editorial desenvolve-se e moderniza-se no século XVII e, sobretudo, no XVIII, levando a uma ampliação e fortalecimento do processo de produção e venda de livros.

A literatura, ao longo de todo o século XVIII, vai paulatinamente deixando de ser privilégio de um número reduzido de ricos e letrados para se transformar em um produto democrático, capaz de agradar do leitor mais sofisticado ao mais simples. É esta convergência de industrialização, crescimento urbano e alfabetização que permite a ascensão do romance. Apesar da resistência inicial ao gênero por parte de alguns intelectuais, como Pope e Johnson, os escritores logo viram no gênero um meio de sobrevivência. Muitos autores foram atraídos pela crescente popularidade da ficção realista e tiraram proveito da situação. Mais tarde, escritores que desejavam se dedicar a outros gêneros, como Fielding e Smollett, contemporâneos de Sterne, que se interessavam por teatro, viam-se impelidos a escrever romances para subsistir. A partir desse momento pode-se falar em uma profissionalização do escritor. A Inglaterra de meados do século XVIII já tem um mercado literário complexo e estabelecido e é nesse cenário que Sterne escreve *A Sentimental Journey*. O romance já era um gênero reconhecido e contava com vários títulos famosos, como *Robinson Crusoe* (Daniel Defoe, 1719), *Gulliver's Travels* [As viagens de Gulliver] (Jonathan Swift, 1726), *Tom Jones* (Henry Fielding, 1729) e *Clarissa* (Samuel Richardson, 1747).

Em *A Sentimental Journey*, Sterne emprega duas tendências literárias muito em voga no século XVIII: a literatura de viagem e a literatura sentimental. O título, *Viagem sentimental*, gera a expectativa, logo frustrada, de um relato de viagem, uma vez que o enredo prioriza os mecanismos da própria vida, com todos os encontros e desencontros, paixões, pulsões, tristezas, arrependimentos e pequenas alegrias. Inversamente ao que se espera de um relato de viagem, a narrativa impressiona pela ausência de alusões a lugares meramente turísticos. O cenário da viagem é, antes, o mundo interior de Yorick, o narrador, e, nesta viagem sentimental que Yorick faz em si mesmo, acontecimentos, independentemente da atenção que geralmente lhes é atribuída em um relato de viagem, têm seus valores redimensionados. Ocorrências comuns podem tomar grandes proporções e ocupar vários capítulos, não importando o tempo cronológico da ação em si. A noção de tempo é redefinida e apenas o que chama a atenção do narrador é digno de nota.

Para atingir o propósito de representação realista da experiência individual, Sterne lançou mão de um método que priorizava a digressão, ou seja, a narrativa é interrompida e o narrador se dirige ao leitor. Yorick negocia com o leitor em determinadas passagens, o que parece familiar ao leitor brasileiro dada a presença de traços de Sterne na escrita de Machado de Assis. Não se trata de uma mera suposição crítica, uma vez que o narrador de *Memórias póstumas de Brás Cubas* cita Sterne ao falar da intenção da obra:

Trata-se, na verdade, de uma obra difusa, na qual eu, Brás Cubas, se adotei a forma livre de um Sterne, ou de um Xavier de Maistre, não sei se lhe meti algumas rabugens de pessimismo. Pode ser. Obra de finado. Escrevi-a com a pena da galhofa e a tinta da melancolia [...]

A digressão quebra a simulação de realidade ao lembrar o leitor do caráter ficcional do que está lendo. Este método empresta um ritmo próprio à narrativa, forçando-a a um sem-número de interrupções e a um aparente contínuo reordenamento. Assim, é a subjetividade que dita o ritmo da narrativa.

Na literatura sentimental, a emoção é central. O discurso aqui não é capaz de abarcar os sentimentos e a emoção transcende a língua de tal forma que o sentimentalismo atinge sua plenitude quando não verbalizado, o que provoca, testa e obriga uma participação constante do leitor. No texto, esta irredutibilidade da emoção em palavras traduz-se em uma codificação paralela, como, por exemplo, recursos gráficos e léxico sugerindo suspiros, hesitações, lágrimas ou silêncios.

Os recursos gráficos, como travessões, asteriscos ou páginas em branco, eram prática corrente entre os autores do período e convidavam o leitor à decifração. Tanto em *Tristram Shandy* quanto em *A Sentimental Journey*, Sterne fez uso abundante deste expediente. Por exemplo, os capítulos 18 e 19 do volume IX de *Tristram Shandy* são representados por duas páginas em branco e o capítulo 20 começa com sete linhas de asteriscos.

Há, no sentimentalismo, uma inclinação para o excesso — as emoções são ressaltadas e as sensações inspiradas e exacerbadas muitas vezes por cenas dramáticas de sofrimento, visando despertar compaixão no leitor. A ficção sentimental caracteriza-se, pois, pelo caráter pedagógico, visando produzir no leitor sentimentos de generosidade. A emoção, objeto e fundamento da literatura sentimental, dita o ritmo do texto. A ficção sentimental é fragmentada e a narrativa segue uma ordem que é subvertida em favor da autenticidade e espontaneidade da emoção. A narrativa, assim, segue uma dinâmica subjetiva, o que se traduz em uma seqüência de cenas ou quadros aparentemente desconexos. A estratégia de fragmentação da narrativa é explorada para isolar e ressaltar sensações diferentes ou com motivações variadas em um determinado momento, como se cada quadro representasse uma percepção distinta.

Em *A Sentimental Journey*, Sterne não apenas se apropria dessa estratégia, como também a extrapola, uma vez que o próprio romance é um fragmento, que se inicia com um diálogo em andamento e se encerra com uma frase ambígua interrompida. O ritmo da narrativa de *A Sentimental Journey* é análogo ao ritmo da vida mesma, natural, que, ainda que se queira planejar, resiste à previsibilidade: a narrativa se impõe ao leitor como a vida a Yorick.

O nível de comprometimento de Sterne com a estética sentimental pode ser resumido por uma frase da correspondência do autor: "I write no to be fed but to be famous" [Não escrevo para comer, mas para ficar famoso]. Sterne estava, pois, atento para o que o público queria e desejava ser reconhecido como escritor. Contudo, ao mesmo tempo em que o autor se serve dos valores do sentimentalismo para agradar o público, questiona as reais motivações para os atos de benevolência e caridade tão explorados na produção literária do período, revelando seus impulsos contraditórios. Assim, ao lado de episódios que encerram um *pathos* notável, como o capítulo "O prisioneiro − Paris", há outros que põem à prova a caridade desinteressada, como "O ato de caridade − Paris" e "O enigma esclarecido − Paris", dois capítulos seguidos que exploram a vaidade como fator gerador de caridade.

Ao pôr à prova os princípios morais do leitor e do narrador, em um processo de humanização, e ao questionar as motivações para os atos de caridade, teatralizando-a,

Sterne explora possibilidades e se distingue de seus contemporâneos. A originalidade do autor aparece no tom ambíguo da narrativa, marca de Sterne tanto em *Tristram Shandy* quanto em *A Sentimental Journey*, que rejeita de partida qualquer tipo de autoridade, seja na figura do autor, seja na figura do crítico. Sterne, dessa maneira, reduz qualquer interpretação a um ato fugidio, e é possivelmente por meio desta exploração do caráter parcial da verdade ou da negação do dogmatismo que se explica o fascínio que seus dois romances provocam desde o lançamento.

É nesta ambigüidade mesma que se estabelecem duas das principais marcas da escrita de Sterne: a paródia e a ironia. Sterne, valendo-se da sua estratégia de confronto dos princípios do sentimentalismo, estica valores, como a caridade, a moral, as virtudes, até que adquiram a feição de paródia; o autor usa recursos e tendências do período tanto de uma maneira convencional quanto subversiva. A ficção de Sterne pode ser caracterizada pela volubilidade de tom, que se dá por meio da ambigüidade e que confere aos leitores uma sensação de desconcerto diante do tom pungente que o narrador confere à narrativa.

Sterne reconheceu no exagero do sentimentalismo um elemento potencialmente paródico e, em um processo dinâmico, enaltece e escarnece dos seus princípios. Este uso do sentimentalismo é possível porque o autor não só leu a literatura sentimental como também estudou e deslindou o seu método e, de forma consciente, buscou mostrá-lo sob enfoques diferentes. A melancolia e o *pathos* são elementos correntes na literatura sentimental, e Sterne vale-se desses valores ao longo do romance, como no capítulo "Montreuil", em que Yorick distribui dinheiro a um grupo de mendigos. Dois capítulos adiante, os mesmos elementos servem de pretexto para a paródia do sentimentalismo do capítulo "Nampont – O asno morto". Neste episódio, um homem faz uma viagem da Alemanha até a Espanha para pagar uma promessa em decorrência da morte de dois filhos e para salvar a vida do terceiro. O esforço pelo longo trajeto prova-se fatal para o asno que acompanhava o homem, levando-o a um estado notório de abatimento. O grupo de pessoas que o rodeia está tomado de compaixão e a dor do enlutado sensibiliza todos, como é de se esperar na literatura sentimental. O fato de o objeto da tristeza do homem ser um asno, a despeito da morte dos filhos, parece passar despercebido do público que o rodeia e não representa impedimento para a melancolia alcançada pela cena, uma vez que o objetivo do sentimentalismo é este mesmo e a morte do asno não passa de motivo para a exploração da piedade.

Se o alvo da paródia em *A Sentimental Journey* são os valores explorados no sentimentalismo, a ironia volta-se, em especial, para os impulsos contraditórios que minam intenções pretensamente virtuosas e para a imagem que os franceses têm de si mesmos, suas habilidades e juízos de valor.

Sterne estabelece um contraste entre senso comum e o fato em si, e a realidade invade, com freqüência, a narrativa de Sterne, como quando Yorick contrata um criado francês, La Fleur:

Descobrirei seus talentos, disse eu, quando precisar deles — além disso, um francês sabe fazer tudo. Bom, o pobre La Fleur não sabia fazer absolutamente nada além de tocar tambor e uma ou duas marchas no pífaro. [...] E você sabe fazer alguma outra coisa, La Fleur? disse eu — *O qu'oui!* — ele sabia fazer perneiras e tocar um pouco a rabeca.

Além da paródia e da ironia, há duas questões que chamam a atenção no romance de Sterne. A primeira delas diz respeito à estruturação do romance. Sterne faz uso de capítulos com o mesmo título seguidos ou não, com períodos e parágrafos longos. A pontuação do texto é singular:

o autor, por exemplo, não abre parágrafo para marcar diálogos, que se apresentam embutidos nos longos parágrafos e destacados por travessões e capitulares. Esta singularidade na pontuação do texto corrobora o esquema consciente do autor de representação subjetiva das experiências relatada ao longo da viagem de Yorick, legitimando a aproximação com o real: é o fluxo do pensamento que dita o ritmo da narrativa, primando pela representação realista da associação de idéias.

A tradução que se segue buscou preservar a estrutura do texto por entender que a regularidade de repetições e a extensão de parágrafos e períodos propostas por Sterne têm um propósito. Assim, a lógica que organiza o texto de Sterne foi mantida, na medida do possível, atentando para a língua portuguesa, sem, contudo, negar o estranhamento do texto de Sterne. Procuramos também manter a pontuação idiossincrática de Sterne. Essa pontuação, que se afasta igualmente das normas do inglês e do português, mimetiza o fluxo do pensamento. Para isso, vale-se de parágrafos e períodos longos, com freqüência abrigando diálogos embutidos, e utiliza o travessão de maneira peculiar, para destacar certas falas ou para sinalizar interrupções.

A segunda idiossincrasia do texto é o sem-número de citações em francês, que variam de palavras isoladas ao texto completo de uma carta de amor. Quando *A Sentimental Journey* foi publicada, o francês era a língua internacional de cultura e Sterne entendeu que o seu leitor prescindia de tradução com exceção de algumas poucas ocorrências, que contam com notas de rodapé lançadas pelo próprio autor. Atualmente já não se pode contar com um conhecimento generalizado de francês e é por isso que, na presente edição, todas as citações nessa língua, com exceção das já traduzidas pelo autor, contam com tradução em notas na primeira vez em que aparecem, a não ser em casos em que o mesmo vocábulo apresenta significados diferentes. Além de traduzidos, os trechos em francês tiveram sua grafia atualizada, para facilitar o acesso ao leitor.

Finalmente, cabe notar que há poucos autores tão atuais como Sterne. Assim, na apertada síntese da *Histoire de la littérature européenne*, Sterne ganha nada menos que quatro páginas e é tratado como um dos grandes revolucionários da literatura ocidental e um mestre da narrativa, aclamado pelos principais ficcionistas e teóricos inovadores do século XX como Virginia Woolf, Joyce, Michel Butor e também pelo formalista russo Viktor Chklóvski.

BIBLIOGRAFIA

BENOIT-DUSAUSOY, Annick & FONTAINE, Guy (eds.) *Histoire de la littérature européenne*. Paris: Hachette, 1992.

CARPEAUX, Otto Maria. *História da literatura ocidental* III. Rio de Janeiro: Edições O Cruzeiro, 1961.

CURTIS, Lewis Perry (ed.) *The Letters of Laurence Sterne*. Oxford: Clarendon, 1935.

Leituras complementares

BENEDICT, Barbara. *Framing Feeling: Sentiment and Style in English Prose Fiction 1745–1800*. Nova York: AMS Press, 1994.

BULGHERONI, Marisa. "Introduzione" In Sterne, Laurence. *Viaggio sentimentale lungo la Francia e l'Italia*. Tradução de Ugo Foscolo. Milão: Garzanti, 1998.

CURTIS, Lewis Perry (ed.) *The Letters of Laurence Sterne*. Oxford: Clarendon, 1935.

HOWES, Alan B. *Yorick and the Critics: Sterne's Reputation in England, 1760–1868*. New Haven: Yale University Press, 1958.

MARKLEY, Robert. "Sentimentality as Performance: Shaftesbury, Sterne, and the Theatrics of Virtue". In *Critical Essays on Laurence Sterne*, 1998, pp. 270–291.

MENDILOW, A. A. "The Revolt of Sterne". In Traugott, John (ed.) *Laurence Sterne: A Collection of Critical Essays*. Englewood Cliffs: Prentice Hall, 1968.

NOGUEIRA, N. H. A. *Laurence Sterne e Machado de Assis: a tradição da sátira menipéia*. Rio de Janeiro: Galo Branco, 2004.

NEW, Melvin (ed.) *Critical Essays on Laurence Sterne*. Nova York: G. K. Hall & Co., 1998.

PARKER, Fred. *Scepticism and Literature - an essay on Pope, Hume, Sterne and Johnson*. Oxford: Oxford University Press, 2003.

PORTELA, Manuel. "Yorick, ou o turista sentimental". In STERNE, Laurence *Uma viagem sentimental por França e Itália pelo Sr. Yorick* (tradução de Manuel Portela). Lisboa: Antígona, 1999.

ROSS, Ian Campbell. *Laurence Sterne: A Life*. Oxford: Oxford University Press, 2001.

ROUANET, Sergio Paulo. *Riso e melancholia: a forma shandiana em Sterne, Diderot, Xavier de Maistre, Almeida Garret e Machado de Assis*. São Paulo: Companhia das Letras, 2007.

SENA, Jorge. "Laurence Sterne e a Sentimental Journey". In STERNE, Laurence. *Novelas inglesas*. Tradução de Anna Maria Martins. São Paulo: Cultrix, 1963.

SENNA, Marta de. "Introdução". In Sterne, Laurence. *Uma viagem sentimental através da França e da Itália*. Tradução de Bernardina da Silveira Pinheiro. Rio de Janeiro: Nova Fronteira, 2002.

WATKINS, W. B. C. "Yorick Revisited". In Traugott, John (ed.) *Laurence Sterne: A Collection of Critical Essays*. Englewood Cliffs: Prentice Hall, 1968.

WOOLF, Virginia. "Introduction". In Sterne, Laurence. *A Sentimental Journey through France and Italy*. Londres: Oxford University Press, 1963.

VIAGEM SENTIMENTAL PELA FRANÇA E ITÁLIA

VOLUME I

23

AVISO

O autor pede licença para comunicar aos seus Subscritores que eles têm direito a dois outros volumes além destes agora entregues, e que só não entregou todos por causa da sua frágil condição de saúde.

O trabalho estará completo e será entregue aos Subscritores no início do próximo inverno.

VIAGEM SENTIMENTAL — &c. &c.

— Na França — disse eu —, eles lidam melhor com essa questão.

— Você já esteve na França? — perguntou o criado, virando-se rapidamente para mim com o maior triunfo cortês do mundo. — Estranho! disse, debatendo a questão comigo mesmo, Que cruzar vinte e uma milhas, pois é justamente essa a distância entre Dover e Calais, garanta estes direitos — vou averiguar: desistindo, assim, da discussão — fui direto aos meus aposentos, pus na mala meia dúzia de camisas e um culote preto de seda — "o casaco que estou usando", disse, olhando a manga, "serve" — tomei um lugar na carruagem de Dover; e o paquete partindo às nove da manhã seguinte — às três estava sentado, jantando um frango fricassê, tão incontestavelmente na França que, se tivesse morrido de indigestão naquela noite, ninguém no mundo poderia impedir os efeitos dos *Droits d'aubaine*[1]

[1] Todos os pertences dos estrangeiros (com exceção de suíços e escoceses) que morrem na França são apreendidos em decorrência desta lei, mesmo se o herdeiro estiver presente, pois o lucro gerado por estas eventualidades é um direito comprado e irrecorrível.

— minhas camisas e o culote de seda — a mala e todo o resto teriam ficado com o rei da França — até mesmo o retratinho, que levo comigo há tanto, e que tantas vezes disse a você, Eliza, que o levaria até a sepultura, teria sido arrancado do pescoço. — Mesquinho! — tomar para si o espólio de um passageiro incauto, atraído para estas terras por seus súditos — Deus do céu! Sire, não está certo; e muito me angustia, trata-se do soberano de um povo tão civilizado e cortês, e tão reconhecido pela sensibilidade e sentimentos nobres, que eu tenha que discutir —

Contudo, mal pus os pés nos seus domínios —

CALAIS

Quando tinha acabado de jantar e beber à saúde do rei da França, para convencer meu espírito de que não lhe tinha ressentimento, mas, ao contrário, tinha uma grande estima pela benevolência de seu temperamento — enalteci-me pela reconciliação.

— Não — disse eu — os Bourbon não são de jeito nenhum uma raça cruel: podem perder o rumo, como outros; mas há brandura no seu sangue. Quando me dei conta disso, senti uma efusão de natureza mais sutil na face — mais morna e cordial que o borgonha (por pelo menos duas libras a garrafa, que era o que eu estivera bebendo) poderia produzir.

— Meu Deus! disse eu, chutando a mala para o lado, o que há nos bens mundanos que pode aguilhoar nossos espíritos e fazer com que tantos irmãos bondosos se desentendam tão cruelmente, como acontece conosco, pelo caminho?

Quando há paz entre o homem e seu semelhante, o mais pesado dos metais fica mais leve que uma pena na sua mão! Ele tira a carteira e, segurando-a frouxamente e sem apertá-la, olha ao seu redor, como se procurasse alguém com quem partilhá-la. — Ao fazer isso, senti todas as veias do meu corpo se dilatarem — as artérias vibrando alegremente juntas e todo o vigor que garante a vida o realizava tão suavemente que teria confundido a mais *précieuse*[2] das materialistas francesas: com todo o seu materialismo, ela dificilmente me tomaria por uma máquina —

Tenho certeza, disse a mim mesmo, que teria abalado sua crença.

Naquele momento, o surgimento daquela idéia elevava a natureza até onde ela podia alcançar — eu estava em paz com o mundo diante de mim e isso encerrava as negociações comigo mesmo —

Se eu fosse então o rei da França, exclamei — que belo momento para um órfão suplicar a devolução da mala do seu pai!

O MONGE — CALAIS

Mal tinha pronunciado as tais palavras, um pobre monge da ordem de São Francisco entrou na sala para pedir auxílio para o seu convento. Ninguém gosta de ver suas virtudes testadas ao sabor das contingências — ou um homem pode ser generoso ao passo que outro pode ser poderoso — *sed non quo ad hanc*[3] — ou seja como for — pois não há raciocínio metódico sobre os fluxos e refluxos dos humores; eles podem, até onde eu sei, depender das mesmas causas que influenciam as próprias marés — freqüentemente não seria para nós motivo de descrédito supor que fosse assim: estou certo, pelo menos no que diz respeito à minha pessoa, que, em muitos casos, eu ficaria mais satisfeito se todos dissessem que "eu tivera um caso com a lua, em que não houve pecado nem vergonha", do que deixar tudo passar como ato e façanha meus, nos quais havia bastante de ambos.

---

[2] Referência à peça de Molière, *Les précieuses ridicules*, representada pela primeira vez em 1659.

[3] "Mas não quanto a isto."

VIAGEM SENTIMENTAL

– Mas seja como for. No momento em que pus os olhos nele, resolvi não lhe dar um tostão sequer e, por conseguinte, pus a carteira no bolso – abotoei-o – endireitei-me e avancei solenemente na sua direção: havia, receio, algo de intimidador no meu olhar: tenho-o nesse momento diante de mim e acredito que havia algo ali que merecia um tratamento melhor.

O monge, pelo que pude observar do lhe que restou da tonsura, alguns rareados cabelos brancos sobre as têmporas, devia ter uns setenta anos – mas pelos olhos e pelo tipo de fogo que havia neles, que parecia mais controlado pela cortesia que pelos anos, não devia ter mais de sessenta – A verdade devia estar entre os dois – Tinha certamente sessenta e cinco; e a aparência geral do seu rosto, apesar de que alguma coisa parecia lhe ter plantado rugas prematuramente, confirmava a conta.

Era uma daquelas cabeças que Guido[4] pintava com freqüência – serena, pálida – penetrante, livre de toda trivialidade da ignorância gorda e autocomplacente, olhando a terra de cima – olhava para frente; mas olhava como quem olha alguma coisa além deste mundo. Como um membro da sua ordem obteve isso, Deus nas alturas, que a deixou cair nos ombros de um monge, bem o sabe; mas teria sido mais apropriado a um brâmane e, se eu a tivesse encontrado nas planícies do Industão, a teria reverenciado.

O restante da sua figura pode ser dado com algumas pinceladas, poder-se-ia incumbir a qualquer um o seu esboço, pois não era nem elegante nem o contrário, mas como o caráter e a expressão o fizeram: era um talhe esguio e magro, algo acima do tamanho normal, contudo esta característica se perdia com a inclinação do corpo para a frente – mas era a postura do Apelo; e, da forma

---

[4] Refere-se ao italiano Guido Reni (1575–1642), pintor barroco.

como se apresenta agora na minha imaginação, mais ganhava que perdia com isso.

Ele deu três passos para dentro da sala, ficou imóvel; e, pousando a mão esquerda sobre o peito (a direita segurava uma fina bengala branca com a qual viajava), — quando me aproximei, ele se apresentou com a historinha das necessidades do convento e da pobreza da ordem — e o fez com uma elegância tão simples — e havia tanta súplica no seu olhar e na sua expressão — eu estava sob o efeito de um feitiço para não ter me comovido com aquilo —

— Havia uma razão melhor: eu tinha resolvido não lhe dar um tostão sequer.

O MONGE — CALAIS

É bem verdade, disse eu, respondendo à sua olhadela para cima com a qual concluíra o seu discurso — é bem verdade — e que o divino sirva de fonte para aqueles que nada possuem além da caridade do mundo cujo estoque, temo, não é suficiente para as muitas *nobres reivindicações* que freqüentemente lhe são feitas.

Ao pronunciar *nobres reivindicações*, ele deu uma espiada, com o olhar baixo, na manga da túnica — senti toda a força do apelo — reconheço, disse eu — um hábito áspero usado por três anos e uma parca dieta — não são grande coisa; e a questão central da piedade é que, como pode ser conseguida sem muito esforço, a sua ordem deveria buscá-la criando um fundo que servisse a aleijados, cegos, velhos, doentes — o preso que deitado conta seus dias de aflição, o tempo todo, também sofre pela parte que lhe cabe; e se você pertencesse à *ordem das mercês*[5] e não à de São Francisco, eu, pobre como sou, continuei, indicando minha mala, a teria aberto com todo o prazer

---

[5] A Ordem Real e Militar de Nossa Senhora das Mercês da Redenção dos Cativos, ou Ordem de Nossa Senhora das Mercês, foi fundada em 1218, na Espanha, para libertar os cristãos mantidos prisioneiros pelos mouros.

para você em favor dos desvalidos — O monge curvou-se, cumprimentando-me — mas, entre todos eles, retomei, os desvalidos do nosso próprio país têm certamente prioridade sobre os outros, e eu deixei milhares de necessitados na nossa costa — O monge acenou cordialmente com a cabeça — como se dissesse, Certamente, há bastante miséria em todo canto do mundo, bem como no nosso convento — Mas nós discriminamos, disse eu, pousando a mão sobre a manga da sua túnica, em resposta ao seu apelo — nós discriminamos, meu nobre Senhor! entre aqueles que desejam somente comer o pão obtido com o próprio suor — e aqueles que comem o pão dos outros e não têm outro intento na vida a não ser vivê-la na preguiça e na ignorância, *pelo amor de Deus.*

O pobre franciscano não retrucou: um rubor tomou conta da sua face por um momento, mas não se demorou — A natureza não lhe havia dotado de ressentimentos; ele não demonstrava nenhum — mas deixando a bengala cair entre os braços, cruzou as mãos sobre o peito com resignação e partiu.

O MONGE — CALAIS

Senti um aperto no coração quando ele fechou a porta — Ora, ora, ora! repeti três vezes, com ares de indiferença — mas não funcionava: cada sílaba indelicada que eu tinha pronunciado se acumulava na minha mente: refleti que não tinha direito sobre o pobre franciscano, a não ser o da negação, o que seria castigo suficiente para os desiludidos, sendo desnecessário o uso de linguajar ofensivo — pensei nos seus cabelos grisalhos — sua figura cortês parecia entrar de novo e perguntar que insulto me fizera? — e por que lhe dispensara aquele tratamento? — teria dado vinte libras por um advogado — me comportei muito mal, disse para mim mesmo; mas só comecei a viagem e, com o passar do tempo, aprenderei melhores modos.

O DÉSOBLIGEANT — CALAIS

Há uma vantagem quando um homem está descontente consigo mesmo: isto o deixa num excelente estado de espírito para negociar. Uma vez que não há como viajar pela França e pela Itália sem uma carruagem — e como a natureza geralmente nos leva àquilo que nos é mais apropriado, caminhei até o pátio das carruagens para adquirir ou alugar algo do gênero para o meu propósito: um *Désobligeant*[6] antigo, no canto mais afastado do pátio, chamou a minha atenção de pronto e logo entrei nele e, encontrando-o em razoável harmonia com meu estado de espírito, pedi ao rapaz que chamasse Monsieur Dessein, proprietário do hotel — mas como ele tinha ido rezar as vésperas e eu não queria cruzar com o franciscano que vi do outro lado do pátio, palestrando com uma senhora recém-chegada ao hotel — fechei a cortina de tafetá que nos separava e, determinado a escrever minha viagem, tirei pena e tinta e escrevi seu prefácio no *Désobligeant*.

PREFÁCIO NO DÉSOBLIGEANT

Já deve ter sido observado por muitos filósofos peripatéticos Que a natureza estabeleceu, mediante sua autoridade inquestionável, certos limites e barreiras para restringir o descontentamento do homem: ela tem conseguido seu propósito da maneira mais tranqüila e mais natural, submetendo-o a deveres quase inexeqüíveis para praticar a calma e tolerar as provações domésticas. É somente ali que ela lhe forneceu os objetos mais apropriados para compartilhar a felicidade e conduzir parte da carga que, em qualquer país ou época, tem sido pesada demais para um par de ombros. É verdade que somos dotados de uma capacidade inoportuna de disseminar nossa felicidade, às vezes, além dos *seus* limites, mas isto é de tal

---

[6] Literalmente: "Descortês". Carruagem assim chamada na França por poder levar apenas uma pessoa.

forma regulado que, seja pelos limites das línguas, associ-
ações e dependências, ou pela diferença de educação, costumes e hábitos, nos encontramos diante de tantos impe-
dimentos para transmitir as sensações para além da nossa
própria esfera, que isto amiúde leva a uma total impossibilidade.

Decorre invariavelmente disso que a balança do comércio sentimental está sempre negativa para o aventureiro expatriado: ele deve comprar o que não lhe é muito
necessário pelo preço real – suas relações raramente serão
equivalentes às dos locais, sem um generoso desconto – o
que aliás sempre o leva às mãos de intermediários mais
arrazoados pelo tipo de relação que ele consegue estabe-
lecer, não é necessário uma tendência profética especial
para adivinhar seus pares –

Isto me leva ao meu objetivo e naturalmente conduz
(se o vaivém do *Désobligeant* me permitir avançar) às causas finais, bem como as eficientes[7] de viajar –

Os desocupados deixam o país de origem e viajam por
uma ou várias razões, que podem ser resultado de uma
dessas causas gerais –

Enfermidade do corpo
Imbecilidade da mente, ou
Necessidade inevitável.

As duas primeiras abarcam todos aqueles que viajam
por terra ou por mar, sofrendo com o orgulho, a curiosidade, a vaidade ou a melancolia, subdivididos e combina-
dos *in infinitum*.

A terceira categoria abarca todo o exército de mártires
peregrinos; em especial aqueles viajantes que se lançam
a viagens com o benefício do clero,[8] seja como delinqüen-

---

[7] Duas das quatro causas aristotélicas; a saber, eficiente, final, formal e material.
[8] Direito concedido aos membros do clero que os isentava de julgamento
em corte comum e que lhes garantia julgamento em tribunais eclesiásticos.

tes viajando sob o comando de mentores indicados pelo magistrado – ou jovens levados pela crueldade de pais e tutores e que viajam sob o comando de mentores indicados por Oxford, Aberdeen e Glasgow.

Há uma quarta categoria, mas esta conta com tão poucos integrantes, que não mereceria destaque, não fosse forçoso em um trabalho dessa natureza observar a precisão e a sutileza ao máximo para evitar uma obscuridade de caráter. E estes homens, a quem me refiro, são aqueles que cruzam os mares e permanecem em terras alheias com a intenção de economizar dinheiro pelas mais diversas razões e com os mais variados pretextos: mas como poderiam também resguardar a eles mesmos e aos outros de uma série de incômodos desnecessários economizando dinheiro no próprio país – e como suas razões para viajar são as menos complexas de qualquer outro tipo de emigrante, devo distingui-los por:

Viajantes Simples

Assim, todo o universo de viajantes pode ser reduzido às seguintes *Categorias*:

Viajantes Desocupados
Viajantes Curiosos
Viajantes Mentirosos
Viajantes Orgulhosos
Viajantes Presunçosos
Viajantes Melancólicos

Daí seguem-se os Viajantes pela necessidade.

O Viajante delinqüente e infrator,
O Viajante desventurado e ingênuo,
O Viajante simples,

Contudo, neste caso, uma referência aos clérigos que serviam como mentores de jovens aristocratas em viagens.

VIAGEM SENTIMENTAL

E o último de todos (se me permite), o Viajante Sentimental (eu, no caso) que viajei e por isso estou neste momento escrevendo este relato — tanto pela *Necessidade* e pelo *besoin de voyager*, como qualquer outro da categoria.

Estou ciente, ao mesmo tempo, já que tanto as minhas viagens quanto as minhas observações apresentarão um aspecto diferente daquelas dos meus antecessores; de que deveria ter insistido em um nicho só para mim — mas aí eu invadiria os limites do Viajante *Presunçoso*, ao desejar chamar a atenção para mim, até que eu tenha melhores fundamentos para tal além da mera *Inovação do meu Veículo*.

É suficiente para o meu leitor, se ele mesmo já esteve na condição de viajante, que com exame e reflexão da questão ele possa definir seu próprio lugar e classe na lista — isto representará um passo na direção do autoconhecimento; já que é grande a probabilidade de ele conservar matizes e imagens do que experimentou ou fez até o momento.

O primeiro homem a transplantar a uva originária da Borgonha no Cabo da Boa Esperança (note que era holandês) nunca sonhou em beber lá o mesmo vinho que a mesma uva produzia nas montanhas francesas — ele era fleumático demais para isso — mas ele sem dúvida esperava tomar um tipo de bebida vinosa; mas quer fosse boa, ruim ou passável — ele conhecia suficiente o mundo para saber que isso não dependia de uma escolha sua, mas que aquilo a que geralmente chamam *acaso* é que decidiria seu sucesso: ele, contudo, esperava o melhor; e, nessas esperanças, por uma confiança intemperada na sua firmeza de espírito e na intensidade do seu discernimento, *Mynheer*,[9] podia possivelmente derrotar ambas no novo

---

[9] "Senhor", em holandês.

STERNE

vinhedo; e, descobrindo sua nudez[10] tornar-se objeto de zombaria dos seus.

Assim ainda acontece com o pobre Viajante, navegando e viajando por reinos mais refinados do globo, em busca de conhecimento e progresso.

Conhecimento e progresso são adquiridos navegando e viajando com tal intenção; agora se o conhecimento é útil e o progresso, real é uma questão de sorte — e mesmo quando o aventureiro tem sucesso, a reserva obtida deve ser usada com cautela e comedimento para que se converta em lucro — mas, como as possibilidades seguem espantosamente na outra direção, tanto no que diz respeito à obtenção quanto a utilização, sou da opinião de Que o homem agiria de maneira mais sensata se pudesse se convencer de viver contente sem o conhecimento estrangeiro nem o progresso estrangeiro, principalmente se ele mora num país que não tem a mínima necessidade de nenhum dos dois — e, na verdade, já me deu muito desgosto e consumiu muito do meu tempo observar quantos maus passos o Viajante curioso dá para apreciar lugares e examinar descobertas; as quais, como Sancho Pança disse a Dom Quixote, eles poderiam ter visto sem sair de casa.[11] Esta é uma época tão rica em luz que raramente se vê um país ou canto da Europa cujos feixes não se cruzem ou se entremeiem com outros — O conhecimento, na maioria das suas ramificações e casos, é como música numa rua italiana, onde aqueles que nada pagam podem compartilhar — Mas não há nação sob o céu — e Deus é testemunha (diante do seu tribunal, um dia, me apresentarei e farei um relato deste trabalho) — de que não falo por falta de modéstia — Mas não há nação sob o céu em que haja tanta variedade

---

[10] Alusão à nudez de Noé em Gn 9, 20-23.
[11] Referência a *Dom Quixote*, segunda parte, capítulo v. Trata-se de uma frase, a saber, *a pie enjuto y en mi casa*, de um diálogo, que, na verdade, se deu entre Sancho e sua mulher.

de conhecimento — em que as ciências sejam mais frutíferas ou mais seguramente dominadas que aqui — em que a arte seja estimulada e, em breve, fará grandes progressos — em que a Natureza (considerada em conjunto) tenha tão pouco para ser repreendida — e, para fechar, onde haja mais argúcia e variedade de gênio para alimentar o espírito — Onde então, caros compatriotas, você estão indo —

— Estamos apenas olhando a carruagem, disseram — Seu mais obediente servo, disse, saltando dela e tirando o chapéu — Estávamos pensando, disse um deles, que, acredito, era um *viajante curioso* — o que estaria provocando aquelas sacudidas. — Era a agitação, respondi com tranqüilidade, de escrever um prefácio — Nunca ouvi falar, disse o outro, que era um *viajante simples*, de um prefácio escrito num *Désobligeant.* — Teria sido melhor, disse eu, num *Vis a Vis.*[12]

— *Como um inglês não viaja para encontrar outros ingleses*, recolhi-me ao meu quarto.

CALAIS

Percebi que alguma coisa, além de mim, obscurecia a passagem, enquanto caminhava para o meu quarto; era, com efeito, M. Dessein, o proprietário do hotel, que acabara de chegar das vésperas, e, com o chapéu embaixo do braço, estava de maneira muito obsequiosa me seguindo para que eu me lembrasse das minhas necessidades. Eu estava bastante cansado de escrever no *Désobligeant*; e M. Dessein, falando dele, dando de ombros, como se não fosse mesmo adequado para mim, me ocorreu imediatamente que ele pertencera a um *viajante ingênuo*, que, voltando para casa, o deixara para M. Dessein para que dele se servisse como lhe conviesse. Quatro meses tinham transcorrido desde que encerrara sua carreira de

---

[12] Tipo de carruagem em que os passageiros se sentam frente a frente.

Europa, no canto do pátio de M. Dessein; e tendo no início saído dali somente para um imprevisto, embora tenha sido levado duas vezes desmontado ao Monte Cenis, não tirou muito proveito dessas aventuras — mas não tão pouco quanto com a permanência por tantos meses, desamparado, no canto do pátio do M. Dessein. Na verdade, não tinha muito o que ser dito em seu favor — mas uma coisa ou outra era lícito — e quando algumas palavras aliviam a angústia, detesto o homem que as mesquinha.

— Se eu fosse o dono desse hotel, disse eu, tocando o peito do M. Dessein com a ponta do meu indicador, certamente me esforçaria para dar um fim a esse *Désobligeant* desventurado — ele fica brandindo repreensões para o senhor sempre que passa por ele —

Mon Dieu! Disse M. Dessein — não tenho nenhum interesse — Salvo o interesse, disse eu, que homens de uma certa mentalidade têm, M. Dessein, nas próprias sensações — estou convencido de que um homem que se preocupa com outros como se preocupa com ele mesmo oculte, se quiser, toda noite chuvosa que enevoa seu coração — O senhor sofre, M. Dessein, tanto quanto a máquina —

Sempre observei que, quando há tanto doçura quanto amargura num elogio, o inglês fica invariavelmente desconcertado, não sabe se aceita ou se deixa para lá: o francês nunca fica: M. Dessein fez uma mesura.

C'est bien vrai,[13] disse ele — Mas nesse caso, só trocaria uma inquietação por outra, e com dano: imagine, meu caro Sir, que lhe dando uma carruagem que se desmontaria antes da metade do caminho para Paris — imagine quanto eu sofreria passando uma imagem negativa de mim mesmo para um homem de honra e ficando, como seria o caso, à mercê *d'un homme d'esprit.*[14]

---

[13] "É bem verdade."
[14] "Homem sagaz."

A dose foi preparada de acordo com a minha própria prescrição, então nada pude fazer senão tomá-la — e retribuindo a mesura de M. Dessein, sem mais casuística, caminhamos em direção à cocheira para dar uma olhada no seu estoque de carruagens.

NA RUA — CALAIS

Deve ser um mundo hostil este em que o comprador (mesmo em se tratando apenas de uma carruagem deplorável) não pode seguir com o vendedor para a rua para entrar em acordo com ele, ao invés de ser imediatamente tomado pela mesma disposição e passar a ver a outra parte como se estivesse seguindo com ele a caminho do Hyde Park para duelar. Quanto a mim, sendo eu um espadachim sofrível, e nem de longe à altura do Monsieur Dessein, senti, dentro de mim, a seqüência de todos os movimentos a que a situação está relacionada — Olhei o Monsieur Dessein por completo — o observava de perfil enquanto ele caminhava — então, *en face*[15] — achei que ele parecia judeu — depois turco — detestei sua peruca — o amaldiçoei em nome dos meus deuses — quis que ele fosse para o inferno —

— E todo este desassossego no coração por uma ninharia de três ou quatro luíses, que é o máximo em que ele pode me burlar? — Vil paixão! disse eu, me virando, como naturalmente faz um homem quando sofre um revés de sentimento — paixão vil e bruta! tua mão se levanta contra todos, a mão de todos contra ti[16] — Deus me livre! disse ela, levando a mão à testa, pois eu tinha me virado para a senhora que eu vira conversando com o monge — ela nos tinha seguido sem ser percebida — Deus me livre, mesmo! disse eu, lhe oferecendo a minha — ela usava luvas pretas,

---

[15] "De frente."
[16] Alusão a Gn 16, 12.

de seda, abertas nos polegares e indicadores, então aceitou sem restrição — e a levei até a porta da cocheira.

Monsieur Dessein diabrou[17] a chave mais de cinqüenta vezes antes de descobrir que tinha pego a errada: estávamos tão impacientes quanto ele para que fosse aberta, e tão atentos ao obstáculo que continuei segurando sua mão quase sem perceber; tanto que Monsieur Dessein nos deixou juntos, com a mão dela na minha e com nossos rostos voltados para a porta da cocheira e disse que voltaria em cinco minutos.

Numa situação como esta, um colóquio de cinco minutos tem um peso infinitamente maior que num outro em que os rostos estivessem voltados para a rua: neste caso, o assunto pode vir de objetos e acontecimentos externos — quando os olhos estão fixos no nada — o assunto tem de vir de você mesmo. Um breve silêncio depois da saída de Monsieur Dessein teria sido fatal para a situação — ela infalivelmente se viraria — então comecei a conversa de imediato. —

— Mas, quanto às tentações, (como eu não escrevo para desculpar as fraquezas do meu coração neste passeio — mas para relatá-las) — elas serão descritas com a mesma simplicidade com a qual as senti.

A PORTA DA COCHEIRA — CALAIS

Quando disse ao leitor que eu não queria sair do *Désobligeant* porque eu tinha visto o monge palestrando com uma senhora recém-chegada ao hotel — eu disse a verdade, mas não toda a verdade; pois fui contido igualmente pela aparência e porte da senhora com quem ele conversava. Uma suspeita passou pela minha cabeça e disse que ele estava contando para ela o que tinha acontecido: algo me perturbou — quis que ele estivesse no convento.

---

[17] *Diabled*, no original. Sterne cria o verbo a partir da interjeição "Diable!".

Quando o coração se antecipa ao entendimento, resguarda o raciocínio de muitas dores — tinha certeza de que ela era fora de série — contudo, não pensei mais nela, e segui escrevendo meu prefácio.

A sensação voltou ao encontrá-la na rua; a franqueza cauta com a qual me deu a mão demonstrava, pensei, sua boa educação e bom senso; e, enquanto a conduzia, senti uma prazerosa docilidade nela, que irradiava calma em toda a minha alma —

— Meu Deus! como um homem poderia conduzir uma criatura como esta pelo mundo afora! —

Ainda não tinha visto seu rosto — não era importante; pois o esboço foi começado de imediato e, muito antes de chegarmos à porta da cocheira, a *Fantasia* já tinha acabado a cabeça inteira e se satisfez tanto ao fazê-la deusa quanto como se tivesse mergulhado no Tibre[18] para isso — mas tu és uma vadia seduzida e sedutora e a despeito de nos enganares sete vezes por dia com desenhos e imagens, tu o fazes com tanto encanto e adornas teus desenhos com tantos anjos de luz, que é uma pena romper contigo.

Quando chegamos à porta da cocheira, ela retirou a mão da testa e me deixou ver o original — era um rosto de cerca de vinte e seis anos — de um moreno claro e transparente, realçado com simplicidade, sem ruge nem pó-de-arroz — não era criteriosamente gracioso, mas havia algo ali que, na disposição em que me encontrava, me atraía muito mais a ele — era interessante; achei que tinha os traços de uma expressão de viúva, e naquele estágio de abrandamento, em que já tinha vencido os dois primeiros paroxismos de dor, e estava lentamente começando a se reconciliar com a sua perda — mas outras mil aflições podiam ter causado os mesmos traços; queria saber quais eram — e estava pronto para perguntar (se o mesmo *bon*

---

[18] Este rio era explorado como sítio arqueológico e lá foram encontradas estátuas de deuses e deusas.

ton da conversa permitisse, como nos dias de Esdras) – "*O que te aflige? E por que estás inquieta? E por que o teu entendimento está turvo?*" – Resumindo, senti benevolência por ela e resolvi, de um jeito ou de outro, compartilhar o meu óbolo[19] de cortesia – se não de serviço.

Estas eram as minhas tentações – e, nesta disposição de ceder a elas, fui deixado sozinho com a senhora, com a sua mão na minha, e nossos rostos mais voltados para a porta da cocheira que o absolutamente necessário.

A PORTA DA COCHEIRA — CALAIS

Isto certamente, bela senhora! disse eu, levantando suavemente sua mão enquanto começava a falar, deve ser um dos caprichos do Destino: levar dois estranhos pelas mãos – de sexos diferentes e talvez de diferentes cantos do globo e, num momento, colocá-los numa situação tão cordial, que a Afeição mesma dificilmente teria conseguido, ainda que a tivesse planejado por um mês –

– E o seu raciocínio sobre a questão demonstra o quanto, Monsieur, ela o constrangeu com a proeza.

Quando a situação está como desejaríamos que estivesse, nada é tão inoportuno quanto sugerir as circunstâncias que a propiciaram: o senhor agradece ao Destino, continuou – tinha razão – o coração sabia e estava satisfeito; e quem além de um filósofo inglês teria enviado sinais disso ao cérebro para alterar o julgamento?

Ao dizê-lo, soltou a mão, com um olhar que julguei um comentário adequado para o texto.

É um quadro lastimável que darei da fragilidade do meu coração, ao reconhecer que sofreu uma dor, que oportunidades mais adequadas não lhe teriam afetado. – Estava mortificado com a perda da mão e a maneira como

---

[19] Referência a Mc 12, 41-2.

a perdi não derramava óleo nem vinho sobre a ferida:[20] Nunca na vida senti a dor de uma inferioridade constrangida tão terrivelmente.

Os triunfos de um coração verdadeiramente feminino são breves diante destes contratempos. Em alguns segundos, ela pousou a mão no punho do meu casaco para finalizar a resposta; então de um modo ou de outro, Deus sabe como, recuperei o ânimo.

— Ela não tinha nada a acrescentar.

Comecei sem demora a moldar uma conversa diferente para a senhora, ponderando que, tanto sobre o sentido quanto sobre a moral disso, eu tinha me enganado quanto ao seu caráter; mas quando virou o rosto na minha direção, a disposição que tinha estimulado a resposta desvaneceu — os músculos relaxaram e observei a mesma expressão desamparada de aflição que me prendera a ela no primeiro momento — melancolia! ver tanta vivacidade vítima do sofrimento. — Compadeci-me dela com profundo sentimento; e embora possa parecer ridículo para um coração adormecido — eu a teria abraçado e acarinhado, ali mesmo, na rua, sem corar.

As pulsações das artérias dos meus dedos pressionando os dela diziam o que se passava comigo: ela olhou para baixo — um silêncio de alguns momentos se seguiu.

Acho que neste intervalo devo ter feito uma leve tentativa de apertar mais a sua mão pela sensação sutil que senti na palma da minha — não como se ela fosse retirar a sua — mas como se tivesse pensado nisso — e eu infalivelmente a teria perdido uma segunda vez se não fosse o instinto, mais que a razão, a me guiar ao último recurso nestas situações de risco — segurá-la frouxamente, como se a qualquer momento eu fosse soltá-la; então ela se deixou continuar, até que Monsieur Dessein voltou com a chave;

---

[20] Referência à parábola do bom samaritano (Lc 10, 34).

e, neste intervalo, pus-me a considerar como desfaria as más impressões que a história do pobre monge, no caso de ele ter contado, devia ter incutido no seu coração contra mim.

A CAIXA DE RAPÉ — CALAIS

O velho e bom monge estava a seis passos de nós, quando sua figura invadiu meus pensamentos, e avançava na nossa direção, um tanto enviesado, como que incerto se devia nos abordar. — Contudo, parou quando chegou até nós, com uma infinitude de franqueza; segurando uma caixa de chifre, com rapé, ofereceu-a aberta para mim — Deve provar o meu — disse eu, tirando a minha (que era pequena e de tartaruga) e colocando-a na sua mão — É excelente, disse o monge; Então me faça a gentileza, respondi, de aceitar a caixa e tudo mais e, quando tirar uma pitada dela, lembre, de vez em quando, que foi um pedido de desculpa de um homem que certa vez o tratou mal, mas sem intenção.

O pobre monge enrubesceu. *Mon Dieu*! disse ele, apertando as mãos — o senhor nunca me tratou mal. — Não acredito, disse a senhora, que ele o fizesse. Dessa vez, eu enrubesci; mas por quais razões, deixo para os poucos que tendem à análise — Desculpe, Madame, retorqui — o tratei muito mal e sem motivos — É impossível, disse a senhora. — Meu Deus! exclamou o monge com uma veemência de asseveração que não lhe parecia própria — o erro cabe a mim e à indiscrição da minha devoção — a senhora opôs-se àquilo, e juntei-me a ela no argumento de que era impossível, que um espírito tão comedido quanto o dele não ofenderia ninguém.

Desconhecia que uma discussão pudesse redundar em tanta doçura e prazer para os nervos como senti então. — Ficamos em silêncio, sem nenhuma sensação daquela aflição tola que sobrevém quando, num grupo assim, as pessoas ficam se olhando por dez minutos sem dizer uma palavra. Enquanto durou, o monge esfregou a caixa de chifre na manga da túnica, e tão logo adquiriu um certo brilho com a fricção – fez uma longa mesura e disse que era tarde demais para dizer se foi a fraqueza ou a bondade dos nossos temperamentos que nos envolveu nesta peleja – mas seja como for – pediu que trocássemos nossas caixas – Ao dizê-lo, ofereceu-me a sua com uma mão e pegou a minha com a outra; e tendo-a beijado – com uma chispa de boa vontade nos olhos, levou-a ao peito – e partiu.

Guardo esta caixa, como guardaria as partes instrumentais da minha religião, para ajudar a aprimorar meu espírito: na verdade, raramente viajo sem ela; e amiúde, por meio dela, tenho recorrido ao espírito cortês do dono para moderar o meu, nos conflitos do mundo; que ocuparam a alma, como descobri com a sua história, até cerca de 45 anos de idade, quando seguia uma carreira militar mal remunerada e vivia uma decepção na mais delicada das paixões, abandonou espada e sexo ao mesmo tempo e foi buscar refúgio, não tanto no convento, mas nele mesmo.

Sinto o peito opresso, como direi a seguir, quando, na minha última visita a Calais, perguntei por padre Lorenzo e soube que tinha morrido há quase três meses, e que não estava enterrado no convento, mas, de acordo com o seu desejo, num pequeno cemitério que pertence à ordem, a cerca de léguas dali: senti uma vontade forte de ver onde o colocaram – quando, tirando sua caixinha de chifre, sentado próximo ao seu túmulo e arrancando uma urtiga ou duas da cabeceira que não tinham nada que crescer ali, fui tomado tão violentamente pelos meus sentimentos, que desatei num choro convulso – sou tão frágil quanto uma mulher, e peço ao mundo que não ria, mas que se compadeça de mim.

A PORTA DA COCHEIRA — CALAIS

Não soltei a mão da senhora durante todo o tempo; e a segurara por tanto tempo que teria sido indecente deixá-la sem que a apertasse contra os lábios: o sangue e o vigor, que tinham se retraído, invadiram-na, quando fiz isso.

Os dois viajantes que tinham conversado comigo no pátio, passando por ali naquele momento crucial e observando nossa comunicação, naturalmente imaginaram que seríamos, no mínimo, *marido e mulher*; então, parando quando chegaram à porta da cocheira, um deles, que era o viajante curioso, perguntou se seguiríamos para Paris, na manhã seguinte? — Só podia responder por mim, disse; e a senhora acrescentou que iria para Amiens. — Jantamos lá ontem, disse o viajante simples — Você atravessa a cidade, acrescentou o outro, para chegar a Paris. Ia retribuir com milhões de obrigados pela informação *de que Amiens ficava no caminho de Paris*; mas, ao pegar a caixinha de chifre do pobre monge para tirar uma pitada de rapé — fiz uma mesura e, lhes desejando uma boa viagem até Dover — nos deixaram sozinhos —

— Agora não seria nenhuma ofensa, disse comigo mesmo, pedir a esta aflita senhora que aceite dividir minha carruagem — e que terrível afronta poderia resultar?

Cada paixão vil e inclinação torpe da minha natureza ficou alarmada quando pensei na proposta — Isto o obrigará a ter um terceiro cavalo, disse a AVAREZA, o que vai custar ao seu bolso vinte libras. — Você não sabe quem ela é, disse a PRUDÊNCIA — nem as dificuldades que a situação pode ocasionar, sussurrou a COVARDIA —

Esteja certo disso, Yorick! disse a DISCRIÇÃO, dirão que você partiu com uma amante e que veio a Calais com um encontro marcado e com esse propósito —

— Você nunca mais poderá, gritou a HIPOCRISIA, mostrar seu rosto — nem crescer, alegou a MESQUINHARIA, na igreja — nem ser nada lá, disse o ORGULHO, além de um cônego desprezível.

— Mas é uma cortesia, disse eu — e como, de uma maneira geral, sigo meu primeiro impulso e portanto raramente escuto estes intriguistas, que não têm nenhuma utilidade, que eu conheça, além de petrificar o coração — virei-me de imediato para a senhora —

— Mas ela deslizara despercebida, enquanto a causa estava em discussão, e dera dez ou doze passos na rua, quando me decidi; então pus-me atrás dela a passos largos para lhe fazer a proposta, com o melhor trato de que dispunha, mas, ao observar que ela caminhava com o rosto meio apoiado na palma da mão — com o passo lento e curto do comedimento, e com olhos, a cada passo, fixos no chão, me ocorreu que ela estava examinando a mesma causa. — Que Deus a ajude! disse eu, ela tem uma sogra, ou uma tia tartufista, ou uma velha disparatada para consultar sobre a situação, tanto quanto eu: não querendo interromper o processo, e julgando mais galante abordá-la com discrição que com surpresa, fiz meia-volta e dei um ou dois breves giros diante da porta da cocheira, enquanto ela caminhava, refletindo, ao longe.

NA RUA — CALAIS

Tendo decidido, quando pus os olhos na senhora pela primeira vez, a questão na minha fantasia "que ela era fora de série" — e então formulado um segundo axioma, tão incontestável quanto o primeiro, Que ela era viúva e que tinha um ar angustiado — não avancei, já tinha fundamento suficiente para a situação que me agradava — e se ela tivesse ficado perto de mim até a meia-noite, eu teria permanecido fiel ao meu esquema e a considerado somente de acordo com esta idéia geral.

Ela mal se distanciara vinte passos e algo em mim me intimou a uma averiguação mais minuciosa — isto incitou a idéia de uma separação posterior – eu possivelmente nunca mais a veria – o coração deve salvar o que pode; e eu queria a trilha através da qual os meus desejos a encontrariam, no caso de eu não voltar a vê-la: em suma, queria saber seu nome – o da família – sua condição; e como sabia para onde ela estava indo, queria saber de onde ela veio, mas não tinha jeito de conseguir estas informações: centenas de pequenos melindres obstavam o caminho, criei dezenas de planos diferentes – Não existe isso de um homem perguntá-la diretamente – a coisa era impossível.

Um capitãozinho francês *debonaire*, que vinha saltitando pela rua, me mostrou que era a coisa mais fácil do mundo; pois, se interpondo entre nós, quando a senhora estava voltando para a porta da cocheira, se apresentou a mim e, antes que o fizesse bem, pediu que eu o desse a honra de apresentá-lo à senhora – Eu não tinha sido apresentado ainda – então, virando-se para ela, ele o fez além de perguntar se ela tinha vindo de Paris – Não, ela estava indo naquela direção, ela disse. – *Vous n'êtes pas de Londres?*[21] – Não, respondeu. – Então Madame deve ter vindo por Flandres. – *Apparamment vous êtes Flammande?*[22] Disse o capitão francês. – A senhora respondeu que sim. – *Peut-être de Lisle?*[23] Acrescentou – Ela disse que não era de Lisle. – Nem Arras? – Nem Cambray? – Nem Ghent? – Nem Bruxelas? Ela respondeu que era de Bruxelas.

Ele tinha tido a honra de estar no seu bombardeio, na última guerra – era muito bem situada, *pour cela*[24] – e cheia de nobreza quando os Imperialistas foram expulsos de lá pelos franceses (a senhora fez uma leve mesura) – então lhe fazendo um relato do caso e da participação que

---

[21] "Você não é de Londres?"
[22] "Aparentemente é flamenga?"
[23] "De Lisle, talvez?"
[24] "Para aquele propósito."

teve — pediu que lhe desse a honra de saber seu nome —
então fez uma mesura.

— *Et Madame a son Mari.*[25] — disse ele, olhando para
trás quando deu dois passos — e sem ficar para uma resposta — desceu a rua, saltitando.

Ainda que tivesse sido aprendiz de boas maneiras por
sete anos, não conseguiria ter feito aquilo.

A COCHEIRA — CALAIS

Quando o capitãozinho francês saiu, M. Dessein apareceu com a chave da Cocheira na mão e em seguida estávamos no seu estoque de carruagens.

O primeiro artigo que me chamou a atenção, quando
M. Dessein abriu a porta da Cocheira, foi outro velho *Désobligeant* desmantelado: e todavia era o retrato exato daquele que ganhou a minha afeição no pátio, uma hora
antes — sua mera visão provocou então uma sensação de-
sagradável em mim; e achei que a brutalidade dentro do
coração onde a idéia apareceu pela primeira vez foi a res-
ponsável pela construção de uma máquina assim, e não
tinha muito mais benevolência com o homem que imagi-
nasse usá-la.

Notei que a senhora estava um tanto impressionada
com ele, assim como eu: então M. Dessein nos conduziu a duas carruagens que estavam do lado, contando, enquanto as recomendava, que elas tinham sido compradas
pelo Lorde A e B para fazer o *Grand Tour*, mas que não
passaram de Paris, então estavam, sob todos os aspectos,
como novas — Eram boas demais — então passei para uma
terceira, ao lado, e sem demora comecei a regatear o preço
— Mas dificilmente caberão dois, disse eu, abrindo a porta
e entrando — Tenha a bondade de entrar, Madame, disse

---

[25] "E madame é casada?" ou "E madame está com seu marido?" (está acom-
panhada dele).

M. Dessein, lhe oferecendo o braço — A senhora hesitou meio segundo e entrou; e, naquele momento, tendo aparecido o garçom acenando para falar com M. Dessein, ele fechou a porta da carruagem e nos deixou.

A COCHEIRA — CALAIS

C'est bien comique, é muito engraçado, disse a senhora sorrindo, ao considerar que era a segunda vez que éramos deixados sozinhos por contingências absurdas — *c'est bien comique*, disse ela —

— Não falta nada, disse eu, para ficar assim, além do uso cômico que o galanteio de um francês incluiria — cortejar primeiro e se oferecer depois.

É o *fort* deles: respondeu a senhora.

É o que dizem, pelo menos — e como chegou a este ponto, continuei, eu não sei; mas eles certamente têm o crédito de saber mais de amor e de fazer a corte que qualquer outro povo no planeta: mas, na minha opinião, acho que eles são uns desastrados aventureiros e, na verdade, os piores atiradores que já testaram a paciência do Cupido.

— Pensar em cortejar com *sentiments!*

É como pensar em fazer um terno elegante de retalhos — e fazer isso — assim — no primeiro encontro, com uma declaração — é submeter a oferta e eles mesmos, com todos os *pours* e *contres*, a um espírito desapaixonado.

A senhora observava como se desejasse uma continuidade.

Considere então, madame, continuei, pousando a minha mão na sua —

Que os sóbrios têm aversão ao Amor só pelo nome —

Os egoístas, em nome deles mesmos —

Os hipócritas, em nome de Deus —

E que todos nós, velhos e jovens, ficamos dez vezes mais assustados que magoados só com a simples *idéia* —

Tanta escassez de conhecimento neste ramo de relações revela o homem que pronuncia esta palavra, em pelo menos uma ou duas horas depois que o silêncio se torna um tormento. Um processo de pequenas e discretas cortesias, não tão evidentes para não alarmar – nem tão vagas que não sejam interpretadas, – e, ocasionalmente, um olhar de afeição e pouco ou nada dito a esse respeito – deixa a Natureza agir soberana e ela conduz como lhe compraz.

Então eu solenemente declaro, disse a senhora, enrubescendo – que o senhor tem me cortejado todo esse tempo.

A COCHEIRA – CALAIS

Monsieur Dessein voltou para nos tirar da carruagem e comunicar à senhora que o Conde de L—, seu irmão, tinha acabado de chegar ao hotel. Embora tivesse uma infinita afeição pela senhora, não posso dizer que me alegrei com aquele acontecimento – e não pude evitar falar para ela – pois isto é fatal para a proposta, Madame, disse eu, que eu ia lhe fazer –

– O senhor não precisa me dizer qual era a proposta, disse ela, pousando a mão nas minhas, ao me interromper. – Um homem, meu bom senhor, raramente tem uma proposta gentil a fazer a uma mulher, sem que ela a pressinta alguns momentos antes –

A natureza a mune com isto, disse eu, para a preservação imediata – Mas eu acho, disse ela, olhando para mim, que eu não tinha nenhum mal para prever – e para ser franca com o senhor, estava determinada a aceitar. – Se eu tivesse – (ela parou um pouco) – acredito que sua boa vontade teria conseguido de mim uma história, que faria da compaixão o único perigo da viagem.

Ao dizer isso, permitiu que eu beijasse sua mão duas vezes e, com um olhar que misturava emoção e desassossego, saiu da carruagem – e disse adeus.

NA RUA — CALAIS

Nunca fechei um negócio de doze guinéus tão prontamente na vida: o tempo parecia pesado com a perda da senhora, e sabendo que cada momento valeria por dois até que eu me pusesse em movimento — pedi sem demora cavalos de aluguel e caminhei em direção ao hotel.

Meu Deus! disse eu, escutando o relógio da cidade bater quatro horas e me dando conta de que estava em Calais pouco mais de uma hora —

— Que grande quantidade de aventuras pode ser abarcada neste breve espaço de vida por ele que envolve o coração em todas as coisas, e que, tendo olhos para ver o que o tempo e o acaso lhe estão perpetuamente oferecendo enquanto viaja, não deixa escapar nada que possa *legitimamente* tocar.

— Se isto não funcionar — outra coisa funcionará — não importa — é um ensaio sobre a natureza humana — meu esforço é a minha paga — me basta — o prazer da experiência estimulou meus sentidos e a melhor parte do meu sangue e adormeceu a parte bruta.

Lastimo o homem que viaja de Dã a Bersabéia[26] e afirma, É tudo árido — e é mesmo; e assim é o mundo inteiro para aquele que não cultiva os frutos que ele oferece. Declaro, disse eu, batendo palmas animadamente, que se estivesse num deserto, eu descobriria ali algo que despertasse minhas emoções — Se não conseguisse nada melhor, eu as concentraria numa murta aromática ou procuraria um cipreste melancólico para me conectar — procuraria sua sombra e os agradeceria gentilmente pela proteção — gravaria meu nome nelas e juraria que eram as árvores mais belas em todo o deserto: se suas folhas secassem, eu

---

[26] Ou seja, uma grande distância. Remete a uma citação corrente na Bíblia (Jz 20, 1; 2Sm 3, 10; 2Sm 17, 11; 1Rs 5, 5).

aprenderia a guardar luto, e quando se alegrassem, eu me alegraria com elas.

O sábio SMELFUNGUS[27] viajou de Bolonha a Paris – de Paris a Roma – e assim por diante – mas embarcou com o tédio e a amargura e todo objeto pelo qual passava ficava esmaecido ou distorcido – Ele escreveu um relato deles, mas não passava do relato dos seus sentimentos vis.

Conheci Smelfungus no grande pórtico do Panteão – ele estava saindo – *Não passa de uma enorme rinha,*[28] disse ele – Queria que não tivesse dito nada pior sobre a Vênus de Médici, respondi – pois quando passei por Florença, soube que ele tinha implicado com a deusa e que a tinha tratado pior que uma prostituta qualquer, sem nenhum motivo real.

Cruzei com Smelfungus de novo em Turim, quando ele estava voltando para casa, e um triste relato de aventuras lamentáveis tinha ele para contar, "no qual ele falou de acidentes comoventes por mar e por terra e dos canibais que uns aos outros se comem: os antropófagos"[29] – ele tinha sido esfolado vivo, torturado, mais maltratado que São Bartolomeu a cada estalagem que chegava –

– Eu contarei isso, exclamou Smelfungus, ao mundo. Você deveria contar isso, disse eu, ao seu médico.

Mundungus,[30] com sua imensa fortuna, fez toda a viagem; indo de Roma a Nápoles – de Nápoles a Veneza – de Veneza a Viena – a Dresden, a Berlim, sem uma ligação generosa nem anedota divertida para contar; mas seguiu direto, sem olhar para a direita nem para a esquerda, re-

---

[27] Refere-se a Tobias Smollett e o seu *Travels through France and Italy* [Viagens pela França e pela Itália], em que Smollett faz repetidas críticas a pessoas, lugares e costumes.

[28] Vide Viagens de S— [N. do A.]

[29] Paráfrase de *Otelo*, I, III.

[30] De acordo com alguns estudiosos, trata-se de uma crítica ao viajante novo rico.

ceando que o Amor ou a Compaixão o desviassem do caminho.

Que a paz esteja com eles! se for encontrada; mas o próprio paraíso, se fosse possível chegar lá com estes temperamentos, não conseguiria lhes dar a paz — todo espírito bondoso viria voando nas asas do Amor para saudar a chegada deles — As almas de Smelfungus e Mundungus só escutariam novos hinos de exultação, novos êxtases de amor e novas saudações de felicidade comum — lastimo sinceramente por eles: eles não treinaram habilidades para esta obra; e ainda que a mansão mais feliz do paraíso fosse concedida a Smelfungus e Mundungus, eles estariam tão longe da felicidade, que suas almas fariam penitência lá, por toda a eternidade.

MONTREUIL

Certa vez, minha mala caiu da carruagem e, em duas ocasiões, saí na chuva, e, numa destas, com lama até os joelhos, para ajudar o cocheiro a amarrá-la, sem me dar conta do que estava faltando — Até chegar a Montreuil, quando o proprietário da estalagem perguntou se eu não queria um criado, foi aí que me ocorreu que aquilo era justamente o que estava faltando.

Um criado! Que eu aceito com muito pesar, disse eu — Pois, Monsieur, disse o proprietário, ele é um rapaz jovem e esperto que muito se orgulharia da honra de servir um inglês — Um inglês, por quê? — São tão generosos, disse o proprietário — Aposto que isto vai me custar uma libra, disse comigo mesmo, esta noite ainda — Mas eles têm meios para serem assim, Monsieur, acrescentou — Separe mais uma libra por esta, disse eu — Ontem mesmo, disse o proprietário, *q'un my Lord Anglois presentoit un écu a la*

VIAGEM SENTIMENTAL

fille de chambre – Tant pis, pour Mademoiselle Janatone,[31] disse eu.

Já que Janatone era a filha do proprietário e que este supôs que eu era iniciante no francês, ele tomou a liberdade de me informar que eu não devia ter dito *tant pis* – mas, *tant mieux. Tant mieux, toujours, Monsieur,*[32] disse ele, quando se ganha algo – *tant pis*, quando não se ganha nada. Dá no mesmo, disse eu. *Pardonnez moi,*[33] disse o proprietário.

Não imagino uma ocasião mais apropriada para comentar definitivamente que, sendo *tant pis* e *tant mieux* dois dos pontos mais críticos da conversa em francês, um estrangeiro começaria bem se fizesse emprego deles corretamente, antes de chegar a Paris.

Um diligente marquês francês, à mesa do nosso embaixador, perguntou ao sr. H— se ele era H—, o poeta? Não, disse H— timidamente – *Tant pis*, respondeu o marquês.

É H—, o historiador, disse outro – *Tant mieux*, disse o marquês. E o sr. H—, que tem um coração generoso, agradeceu a ambos.

Depois de o proprietário ter me esclarecido esta questão, ele chamou La Fleur, nome do jovem de quem tinha falado – dizendo antes Que quanto aos seus talentos, ele ousaria não dizer nada – Monsieur seria o melhor juiz do que lhe agradaria; mas quanto à fidelidade de La Fleur, ele responderia sem restrições por ela.

O proprietário pronunciou isso de tal maneira que direcionou de pronto meus pensamentos no negócio que eu estava por fazer – e La Fleur, que esperava do lado de fora, naquela expectativa ansiosa a que todos nós, viventes, estamos sujeitos na nossa vez, entrou.

---

[31] "Um lorde inglês presenteou a camareira com um *écu*" (moeda) – "tanto pior para a senhorita Janatone".

[32] "Tanto melhor, sempre, Monsieur."

[33] "Me desculpe."

MONTREUIL | **53**

Tenho a tendência de ficar fascinado com todo tipo de gente à primeira vista; mas nunca tanto como quando um pobre diabo vem oferecer seus serviços a um diabo tão pobre quanto eu; e como sei desta fraqueza, sempre refreio meu julgamento por causa disso — isto varia mais ou menos de acordo com o meu humor, o caso — e, posso acrescentar também, o sexo da pessoa que vou empregar.

Quando La Fleur entrou, depois de todo o desconto que pude dar à minha alma, a expressão e a atitude franca do rapaz resolveram de imediato a questão a seu favor; então o contratei primeiro — e depois comecei a indagar o que ele sabia fazer: Mas descobrirei seus talentos, disse eu, quando precisar deles — além disso, um francês sabe fazer tudo.

Bom, o pobre La Fleur não sabia fazer absolutamente nada, além de tocar tambor e uma ou duas marchas no pífaro. Eu estava determinado a fazer com que os seus talentos bastassem; e posso dizer que a minha fraqueza nunca foi tão insultada pela minha sensatez quanto nesta tentativa.

La Fleur começara cedo na vida, tão dignamente quanto a maioria dos franceses, *servindo* por alguns anos; no fim dos quais, tendo se convencido e, além disso, constatado, De que a honra de tocar um tambor seria provavelmente sua única recompensa, já que isto não lhe abriria o caminho da glória — ele se retirou *a ses terres*[34] e viveu *comme il plaisoit a Dieu*[35] — ou seja, com nada.

— E então, disse a *Sensatez*, você contratou um tocador de tambor para servir você nessa sua viagem pela França e pela Itália! Ora, ora! disse eu, e não é que metade da nossa nobreza segue a mesma rota com um *compagnon*

---

[34] "Para a sua terra."
[35] "Como Deus quer."

du voyage[36] chato e ainda tem que arcar com despesas, conseqüências e todo o resto? Quando um homem pode se livrar com uma *équivoque*[37] numa disputa tão desigual, ele não está tão mal assim — Mas você sabe fazer alguma outra coisa, La Fleur? disse eu — *O qu'oui!*[38] — ele sabia fazer perneiras e tocar um pouco a rabeca — Bravo! disse a Sensatez — Ora, eu toco contrabaixo, disse eu — nos daremos muito bem. — Você sabe fazer barba e pentear um pouco uma peruca, La Fleur? — Ele tinha toda a disposição do mundo — É suficiente para Deus! disse eu, interrompendo — e será suficiente para mim — Então era hora do jantar e, com um travesso *spaniel* inglês de um lado da minha cadeira e um criado francês, com tanta alegria no semblante quanto a natureza pode conferir a alguém, do outro — eu estava plenamente satisfeito com o meu império; e se os monarcas soubessem o que tinham, ficariam tão satisfeitos quanto eu.

MONTREUIL

Como o La Fleur percorreu toda a viagem pela França e pela Itália comigo, e estará freqüentemente em evidência, devo informar ao leitor um pouco mais a seu respeito, dizendo que nunca tive menos razão para me arrepender dos impulsos que geralmente me determinam que em relação a este rapaz — ele foi a alma mais fiel, afável e simples que seguiu um filósofo; e apesar de que os seus talentos de tocar tambor e confeccionar perneiras, que, embora muito bons em si, não tinham muita serventia para mim, ainda assim, eu era recompensado repetidas vezes pela alegria do seu temperamento — isto supria todas as deficiências — eu tinha na sua presença um recurso constante

---

[36] "Companheiro de viagem."
[37] Jogo de palavras. No original, lê-se: "*have the piper and the devil and all to pay*".
[38] "Ah, sim!"

em todas as minhas dificuldades e angústias – eu teria
acrescentado as dele também; mas La Fleur estava acima
de todas as coisas; fosse fome ou sede, ou frio ou nudez, ou
vigílias ou açoites do revés que La Fleur experimentou
nas nossas viagens,[39] não havia sinal na sua fisionomia
que os indicasse – ele era eternamente o mesmo; tanto
que se sou uma amostra de filósofo, o que Satã vez por outra me faz acreditar ser – isto sempre refreia o orgulho da
idéia, ao refletir no tanto que devo à filosofia compleici-
onal deste pobre rapaz por me compelir pela vergonha a
ser um filósofo melhor. Com tudo isso, La Fleur parecia
um tanto janota – mas ele parecia à primeira vista ser janota mais de essência que de ciência; e antes de estar três
dias em Paris com ele – ele não parecia janota de jeito
nenhum.

MONTREUIL

Na manhã seguinte, quando La Fleur assumiu seu
posto, entreguei a ele a chave da mala com um inventário
da minha meia dúzia de camisas e meu culote de seda e
ordenei que ele a amarrasse à carruagem – atrelasse os cavalos – e que pedisse ao proprietário para vir com a conta.

C'est un garçon de bonne fortune,[40] disse o proprietário,
apontando da janela para meia dúzia de garotas que circu-
lavam La Fleur e se despediam dele com muita ternura,
enquanto o cocheiro conduzia os cavalos. La Fleur beijou
mais uma vez a mão de cada uma delas, e por três vezes
enxugou os olhos e por três vezes prometeu que lhes traria
de Roma todas as indulgências.

O rapaz, disse o proprietário, é amado por toda a cidade e sua falta será sentida em todo canto de Montreuil:

---

[39] Referência a 2Co 11, 23-7.

[40] "É um garoto de sorte." Talvez uma referência ao poder de sedução de
La Fleur pela proximidade com *un homme en bonnes fortunes*, ou seja, um
conquistador.

ele padece apenas de um mal na vida, continuou, "Ele está sempre apaixonado". — Fico muito contente com isso, disse eu — me livrará do incômodo de todas as noites colocar meu culote sob a cabeça. Ao dizer isso, não estava fazendo tanto um elogio a La Fleur mas a mim mesmo, pois estive apaixonado por uma ou outra mulher, quase toda a minha vida, e espero continuar assim até a morte, estando firmemente convencido de que se cometo um ato vil, deve ser no intervalo entre uma paixão e outra: enquanto dura o interregno, percebo sempre que meu coração fica trancado — raramente há nele disposição para dar uma moeda à Miséria; e portanto sempre saio deste estado o mais rápido possível, e no momento em que me reacendo, sou todo generosidade e boa vontade de novo; e faria qualquer coisa no mundo por ou com alguém, se me convencerem de que não há pecado nisso.

— Mas ao dizer isso — certamente estou exaltando a paixão — e não a mim mesmo.

UM FRAGMENTO

A cidade de Abdera, não obstante Demócrito vivesse lá tentando todos os recursos da ironia e do riso para corrigila, era a cidade mais ignóbil e devassa em toda a Trácia. Em virtude de envenenamentos, conspirações e assassinatos — libelos, pasquinadas e tumultos, não tinha como ir lá de dia — e era pior de noite.

Quando esta situação tinha atingido o seu ápice, Andrômeda de Eurípedes estava sendo representada em Abdera e todo o público ficou encantado, mas de todas as passagens, nenhuma lhes despertou mais a imaginação que as suaves pinceladas de natureza que o poeta produziu naquela patética fala de Perseu,

Cupido, de homem e deus és príncipe [...]

Todas as pessoas, no dia seguinte, quase que só falavam iambos perfeitos e só falavam de Perseu e sua fala patética

— "Cupido, de homem e deus és príncipe" — em toda rua de Abdera, em toda casa — "Cupido! Cupido!" — em toda boca, como as notas de uma melodia doce que lhe escapa, independente da vontade — era só "Cupido! Cupido! de homem e deus és príncipe" — O fogo se espalhou — e toda a cidade, como o coração de um só homem, se abriu para o Amor.

Nenhum farmacêutico vendia um grão de heléboro[41] — nem um único armeiro tinha disposição para forjar um instrumento da morte — Amizade e Virtude se encontraram e se beijaram na rua — a idade de ouro voltou e pairou sobre a cidade de Abdera — cada cidadão de Abdera pegou sua flauta e cada cidadã deixou de lado seu tecido roxo e, sentadas castamente, ouviam a música —

Somente o poder, diz o fragmento, do Deus cujo império se estende dos céus à terra e até as profundezas do mar, para ter feito isso.

MONTREUIL

Quando tudo está pronto e cada item discutido e pago na estalagem, a não ser que você esteja um pouco aborrecido com a aventura, há sempre algo para acertar na saída, antes de entrar na carruagem; e isto diz respeito aos filhos e filhas da miséria, que o circulam. Não permita que ninguém diga, "Que vão para o inferno" — é uma viagem cruel para mandar alguns miseráveis e eles já tiveram o seu quinhão de sofrimento sem ter que passar por isso: sempre acredito que é melhor abrir mão de algumas moedas; e eu aconselho a todo viajante gentil que faça o mesmo: ele não precisa ser tão preciso quanto aos motivos para doá-las — eles estarão registrados em outro lugar.

---

[41] Nome comum a várias plantas que eram utilizadas para tratar a loucura.

Quanto a mim, não há um homem que dê tão pouco quanto eu, pois poucos que conheço têm tão pouco para dar: mas como este foi o meu primeiro ato público de caridade na França, ele me chamou mais a atenção.

Ai de mim! disse eu. Só tenho oito moedas, as mostrei na mão, e há oito homens pobres e oito mulheres pobres para elas.

Uma pobre alma esfarrapada, sem camisa, retirou imediatamente seu pedido, dando dois passos para fora do círculo, fazendo uma mesura desqualificadora de si mesmo. Se toda a platéia tivesse bradado, *Place aux dames*,[42] em uma voz, não teria transmitido metade do efeito do sentimento de deferência pelo outro sexo.

Santo Deus! por quais sábias razões ordenaste isto, que a mendicidade e a urbanidade, tão incompatíveis em outros países, encontrassem neste um meio para a conciliação?

— Insisti em dar-lhe uma moeda, só pela sua *politesse*.

Um sujeito mirrado e diligente, que estava na minha frente, no círculo, colocando primeiramente alguma coisa embaixo do braço, que devia ter sido um chapéu, pegou uma caixa de rapé do bolso e generosamente ofereceu uma pitada para os vizinhos dos dois lados: era um presente valioso e modestamente recusado — O baixinho empurrou a caixa para os outros, com um gesto de consentimento — *prenez en — prenez*,[43] — disse ele, olhando em outra direção; então cada um pegou uma pitada — Pena se sua caixa carecer de uma! disse para mim mesmo; então pus duas moedas dentro — pegando uma pitadinha da caixa, para aumentar seu valor, quando fiz isso — Ele sentiu o peso do segundo obséquio mais que o do primeiro —

---

[42] "Primeiro as damas."
[43] "Peguem, peguem."

este lhe concedia honra – aquele, só caridadè – ele me fez uma longa mesura por isso.

– Aqui! disse eu a um velho soldado maneta, que estivera em campanha e se esgotara no exercício militar – duas moedas para você – *Vive le Roi!*[44] disse o velho soldado.

Só restavam três moedas: então dei uma, simplesmente *pour l'amour de Dieu*,[45] em que o pedido fora fundamentado – A pobre mulher tinha o quadril deslocado, logo não haveria motivo melhor.

– *Mon cher et très charitable Monsieur*[46] – não há como resistir a isso, disse eu.

– *Meu lorde anglois* – só o som disso já valia o dinheiro – então dei *minhas últimas moedas por isso*. Mas, no anseio de doar, não vi um *pauvre honteux*,[47] que não tinha ninguém que pedisse um soldo em seu nome, e que, acredito, teria definhado antes de poder pedir um para ele: ele estava do lado da carruagem, um pouco afastado do círculo, e enxugou uma lágrima do olho, que imaginei já ter visto dias melhores – Bom Deus! disse eu – e não tenho uma moeda sequer para dar a ele – Mas você tem mil! gritaram todas as forças da natureza, agitando-se dentro de mim – então lhe dei – não importa o que – me envergonho de dizer o valor agora – e me envergonhei de pensar no pouco valor então: assim, se o leitor puder formar uma conjectura da minha disposição, como há dois pontos fixos dados, ele pode opinar, entre uma ou duas libras, o valor preciso.

Não pude oferecer mais nada aos outros, além de *Dieu*

---

[44] "Viva o Rei."
[45] "Pelo amor de Deus."
[46] "Meu caro e muito caridoso Monsieur."
[47] "Pobre envergonhado."

vous benisse[48] — *Et le bon Dieu vous benisse encore*[49] — disse o velho soldado, o mirrado, etc. O *pauvre honteux* não conseguiu dizer nada — ele pegou um pequeno lenço e enxugou o rosto enquanto se virava — e pensei que ele me agradeceu mais que todos os outros.

O BIDET

Quando todas estas pequenas questões foram resolvidas, entrei na carruagem me sentindo mais tranqüilo que em qualquer outra ocasião semelhante na vida; e La Fleur, tendo posto um coturno de um lado de um pequeno *bidet*,[50] e outro do outro lado (pois não conto suas pernas) — pôs-se a cavalgar na minha frente tão feliz e perpendicular quanto um príncipe.

— Mas que felicidade! quanta sublimidade nesta cena pintada da vida! Um asno morto, antes que avançássemos uma légua, impôs uma parada repentina à carreira de La Fleur — seu *bidet* não queria passar por ele — uma disputa surgiu entre eles e o pobre rapaz foi arrancado dos coturnos no primeiro coice.

La Fleur suportou a queda como um cristão francês, dizendo nem mais nem menos a respeito a não ser *Diable!* então prontamente se levantou e voltou ao ataque de novo, montado no *bidet*, batendo nele como se batesse o tambor.

O *bidet* corria de um lado da estrada para o outro, então voltava — depois para um lado — depois para outro, e logo para todos os lados menos para o lado do asno morto. — La Fleur insistiu — e o *bidet* o jogou.

Qual é o problema, La Fleur, com este seu *bidet*? — Monsieur, disse ele, *c'est un cheval le plus opiniatré du monde*[51] — Ora, se é um animal opinioso, ele deve seguir o

[48] "Deus os abençoe."
[49] "E que o bom Deus o abençoe mais ainda."
[50] "Cavalo de aluguel."
[51] "É o cavalo mais teimoso do mundo."

próprio caminho, respondi — então La Fleur apeou e, lhe dando uma forte chicotada, o *bidet* me levou ao pé da letra e disparou na direção de Montreuil. — *Peste*! disse La Fleur.

Não é *mal à propos*[52] observar neste ponto que, apesar de La Fleur se valer de duas exclamações neste conflito, a saber, *Diable*! e *Peste*!, há três na língua francesa; como o positivo, o comparativo e o superlativo, cada um servindo para lances inesperados da vida.

Le Diable!, que é o primeiro e que está no grau positivo, é geralmente empregado diante de emoções comuns do espírito, quando pequenas coisas têm o resultado contrário às expectativas — como — obter parelha de um nos dados — La Fleur ser jogado do cavalo, e assim por diante — adultério, pela mesma razão, é sempre — *Le Diable*!

Mas em casos em que o lance encerra algo de provocador, como naquele em que o *bidet* fugiu, deixando La Fleur no chão, de coturnos — já é o segundo grau.

Peste!, então.

E, quanto ao terceiro —

— Mas, neste caso, meu coração fica apertado de compaixão e solidariedade, quando reflito sobre os infortúnios que lhe couberam e como este povo tão refinado deve ter sofrido amargamente a ponto de se ver forçado a empregá-lo. —

Conceda-me, oh Deus, os poderes que tocam a língua com eloqüência na aflição! — independente do *lance*, conceda-me palavras gentis para exclamar e eu darei vazão à minha natureza.

— Mas como não podiam ser encontradas na França, resolvi encarar todos os males como chegassem a mim, sem nenhuma exclamação.

La Fleur, que não tinha feito um pacto desta natureza

---

[52] "Despropositado."

com ele mesmo, acompanhou o *bidet* com os olhos até que estivesse fora do alcance – e então, você pode imaginar, se quiser, com que palavra ele encerrou a questão.

E como não tinha como perseguir um cavalo assustado de coturnos, La Fleur só tinha duas alternativas: ou seguia atrás da carruagem ou dentro dela.

Preferi a segunda e em meia hora chegamos à posta de Nampont.

NAMPONT — O ASNO MORTO

– E isto, disse ele, colocando os restos de um pão dentro da sacola – e isto, devia ter sido a tua porção, disse ele, se estivesses vivo para dividir comigo. Pensei, pelo tom, que era uma apóstrofe para o seu filho; mas era para o asno, o mesmo asno que vimos morto na estrada e que provocara a desventura de La Fleur. O homem parecia lastimar tanto, que, de pronto, me remeteu à lamentação de Sancho pelo seu próprio; mas ele o fez com toques mais genuínos de natureza.

O enlutado estava sentado num banco de pedra, perto da porta, com o xairel e as rédeas do asno de um lado, que ele pegava de vez em quando – e então os pousava de novo – os olhava e meneava a cabeça. Então tirou o pão da sacola, como se fosse comer, segurou por algum tempo – o colocou então sobre o bocal da rédea do asno – olhou melancolicamente para o pequeno arranjo que tinha feito – e então suspirou.

A simplicidade do seu luto atraiu muitos à sua volta, La Fleur entre eles, enquanto os cavalos ficavam prontos; como continuei sentado, na carruagem, pude ver e ouvir do alto.

– Ele disse que tinha vindo da Espanha, de onde chegara das últimas fronteiras da Francônia; e tinha ido tão longe que, na volta para casa, seu asno morreu. Todos pareciam interessados em saber que assunto poderia ter levado um homem tão velho e pobre a paragens tão distantes do próprio lar.

Os céus o abençoaram, disse ele, com três filhos, os melhores garotos de toda a Alemanha; mas que tendo perdido, em uma semana, os dois mais velhos com varíola, e como o mais novo padecia da mesma doença, temeu se ver privado de todos e fez uma promessa: se os Céus não o levassem também, ele iria a Santiago, na Espanha.

Quando o enlutado tinha chegado a este ponto da história, parou para agradecer a natureza – e chorou pungentemente.

Ele disse que os Céus tinham aceitado as condições e que tinha saído da sua choupana com aquela pobre criatura, que fora um companheiro paciente na sua viagem – que tinha comido do seu pão, todo o percurso, e que era como um amigo para ele.[53]

Todos que estavam por perto escutavam o pobre homem com interesse – La Fleur lhe ofereceu dinheiro. – O enlutado disse que não queria – não era tanto o valor do asno – mas a sua perda. – Ele estava convencido, disse ele, de que o asno o amava – e, para ilustrar, lhes contou uma longa história de um infortúnio, na travessia dos Pireneus, que os separou por três dias; durante os quais o asno procurou por ele, tanto quanto ele pelo asno e que quase não comeram nem beberam até o reencontro.

Tens pelo menos um consolo, amigo, disse eu, na perda do teu pobre animal; estou certo de que foste um dono misericordioso para ele. – Ai, meu Deus! disse o enlutado, eu achava que sim, quando ele estava vivo – mas agora que está morto, não acho mais. – Acho que o meu peso e o das minhas aflições, juntos, foram demais para ele – encurtaram os dias da pobre criatura e acho que responderei por eles. – Que lástima para o mundo! disse eu comigo

---

[53] Paráfrase de 2Sm 12, 3.

mesmo − Se amássemos uns aos outros, como esta pobre alma amou seu asno − já seria alguma coisa. −

NAMPONT − O COCHEIRO

O estado de inquietação em que a história do pobre homem me deixou exigia uma certa atenção: o cocheiro não deu a mínima e partiu a toda brida, no *pavé*.

O mais sedento no deserto mais arenoso da Arábia não poderia ter desejado mais um copo de água fresca[54] que desejei movimentos suaves e solenes; eu teria tido uma opinião positiva do cocheiro, se ele tivesse me conduzido em algo como um ritmo meditativo. − Pelo contrário, quando o enlutado encerrou sua lamentação, o rapaz deu uma severa chicotada em cada animal e partiu com o estrépito de mil demônios.

Gritei para ele, o mais alto que pude, que, pelo amor de Deus, fosse mais devagar − e quanto mais alto eu gritava, mais brutalmente ele galopava. − O diabo tomou conta dele e do galope também − disse eu − ele continuará a dilacerar meus nervos até que provoque em mim uma tola paixão e então irá devagar para que eu possa gozar dos prazeres dela.

O cocheiro conduziu a situação com louvor: quando chegou ao sopé de uma íngreme colina, a cerca de uma légua de Nampont − me deixou furioso com ele − e então comigo mesmo, por me sentir assim.

O meu caso pois exigia um tratamento diferente, e um bom galope teria uma serventia real para mim.

− Então, por piedade, prossiga − prossiga, meu bom rapaz, disse eu.

O cocheiro apontou para a colina − então tentei voltar

---

[54] Paráfrase de Pv 25, 25 (João Ferreira de Almeida).

à história do pobre alemão e do seu asno — mas tinha perdido o fio — e não conseguia mais entrar na história, assim como o cocheiro não conseguia trotar.

— O diabo que carregue tudo isso! disse eu. Aqui estou sentado, francamente disposto a fazer o melhor possível, como deve ser, e tudo sai o contrário.

Há pelo menos um doce lenitivo que a natureza nos oferece para os males; eu o tomei suavemente de suas mãos e adormeci e fui despertado pela palavra *Amiens*.

— Graças a Deus! disse eu, esfregando os olhos — é para esta cidade que a minha pobre senhora vem.

AMIENS

Mal tinha pronunciado as palavras, quando a carruagem do Conde de L***, com a irmã dentro, passou rapidamente: ela só teve tempo para um aceno de reconhecimento — e daquele tipo peculiar que dizia que a nossa história não tinha acabado ainda. Ela tinha o espírito tão generoso quanto o olhar; pois, antes que eu tivesse acabado de jantar, o criado do seu irmão entrou na sala com uma missiva, na qual dizia que ela tinha tomado a liberdade de me confiar uma carta, que eu deveria apresentar à Madame R*** na primeira manhã que eu não tivesse nada para fazer em Paris. Havia somente um acréscimo de que ela lamentava, mas não sabia por que *penchant* ela tinha sido impedida de me contar sua história — que ela ainda me devia isto e que se algum dia eu passasse por Bruxelas, e se eu não tivesse esquecido o nome de Madame de L*** — que Madame de L*** ficaria satisfeita de cumprir com sua obrigação.

Então a encontrarei, disse eu, bela criatura! em Bruxelas — basta retornar da Itália pela Alemanha e Holanda, pela rota de Flandres — terei de fazer pelo menos uns dez desvios no meu percurso, mas fossem dez mil! com que satisfação moral isto rematará minha viagem, compartilhar

os incidentes perturbadores de uma história de desventuras contada por tal sofredora? ver seu pranto! e embora
não possa secar a fonte das suas lágrimas, que sensação
maravilhosa ainda resta em secá-las do rosto da primeira
e mais bela das mulheres, sentado, segurando em silêncio
meu lenço toda a noite, ao seu lado.

Não havia nada de errado com o sentimento, e, ainda
assim, eu imediatamente censurei meu espírito com a
mais amarga e perversa das expressões.

Foi, como disse ao leitor, uma das únicas bênçãos da
minha vida estar quase que todo o tempo perdidamente
apaixonado por alguém, e meu último ardor tendo se apagado por um sopro de ciúme, numa reviravolta repentina,
eu o tinha acendido novamente na casta vela de Eliza há
apenas três meses — jurando, como fiz, que duraria até o
fim da viagem — Por que devo ignorar a questão? Tinha
jurado fidelidade eterna a ela — ela tinha direito a todo
o meu coração — dividir meu afeto significava diminui-lo
— expô-lo significava pô-lo em risco: onde há risco, há a
possibilidade da perda — e o que terias, Yorick! para responder a um coração tão pleno de fé e segurança — tão
bom, tão gentil e irrepreensível?

— Não irei a Bruxelas, respondi, me interrompendo —
mas minha imaginação prosseguiu — lembrei sua expressão naquela crise da nossa separação, quando nenhum de
nós tinha força para dizer *Adieu!* Olhei o retrato que ela
tinha amarrado no meu pescoço com uma fita preta — e
ruborizei quando a olhei — teria dado qualquer coisa para
beijá-la — mas sentia-me constrangido — E esta delicada
flor, disse eu, apertando-a entre as mãos — será consumida
até a raiz — e consumida, Yorick! por ti, que prometeste
abrigá-la no teu peito?

Eterna fonte de felicidade! disse eu, ajoelhando-me —
sê minha testemunha — e todo espírito puro, que quiser, sê
também minha testemunha de que eu não iria a Bruxelas,

a menos que Eliza fosse comigo, ainda que a estrada me levasse ao paraíso.

Em arrebatamentos desta natureza, o coração, e não a razão, sempre fala demais.

A CARTA — AMIENS

A sorte não tinha sorrido para La Fleur, pois ele fracassara nas suas façanhas de cavalaria — e nenhuma oportunidade tinha aparecido para evidenciar seu entusiasmo pelo emprego desde o momento em que o assumiu, quase vinte e quatro horas então. A pobre alma consumia-se de impaciência. Quando o criado do Conde de L*** chegou com a carta, La Fleur, ao se dar conta de que aquela era a primeira oportunidade viável que se apresentara, se agarrou a ela; e para honrar seu patrão, levou-o a uma sala, nos fundos da hospedaria, ofereceu uma ou duas taças do melhor vinho da Picardia; e o criado do Conde de L***, por seu turno, para não ser devedor da cortesia de La Fleur, o levara à mansão do Conde. A boa vontade[55] de La Fleur (pois a sua fisionomia lhe abria portas) logo desarmou todos os servos na cozinha; e como era francês, quaisquer que fossem seus talentos, não tinha nenhum pudor em exibi-los, La Fleur, em menos de cinco minutos, tinha sacado seu pífaro e, dando ele mesmo início à dança com a primeira nota, pôs para dançar a *fille de chambre*, o *maître d'hôtel*,[56] o cozinheiro, o ajudante de cozinha e todos que ali moravam, gatos e cachorros, além de um velho macaco: acho que nunca houve uma cozinha mais animada desde o dilúvio.

Madame de L***, ao passar do cômodo do seu irmão para o seu, escutou tanta folia que chamou sua *fille de*

---

[55] No original *prevenancy*, provavelmente do francês *prévenance*.
[56] "Mordomo."

chambre para perguntar o que era; ao saber de que se tratava do criado do cavalheiro inglês e que ele tinha alegrado toda a casa com a sua flauta, disse para ele subir.

Como o pobre rapaz não podia se apresentar sem nada, ele, ao subir as escadas, se muniu de mil cumprimentos à Madame de L*** da parte do patrão — acrescentou um longo apócrifo de perguntas sobre a saúde de Madame de L*** — contou-lhe que o patrão estava *au désespoir*[57] pelo seu restabelecimento das fadigas da viagem — e, para rematar, que Monsieur tinha recebido a carta que Madame tinha lhe dado a honra de — E ele fez a gentileza, disse Madame de L***, interrompendo La Fleur, de me retribuir enviando uma missiva.

Madame de L*** disse isso em um tom tão confiante, que La Fleur não teve coragem de frustrar suas expectativas — ele temia pela minha honra — e possivelmente não estava negligenciando a própria, como um homem capaz de se juntar ao patrão, que podia parecer desatento *en égards vis-à-vis d'une femme*[58]; de tal forma que, quando Madame de L*** perguntou se ele trouxera a carta — *O qu'oui*, disse La Fleur: pôs então o chapéu no chão e segurando a aba do bolso direito com a mão esquerda, passou a procurar a carta com a direita — e então do outro lado — *Diable!* — então olhava cada bolso, um por um, sem esquecer o bolsinho do relógio — *Peste!* — então La Fleur tirou tudo o que tinha nos bolsos e pôs no chão — tirou um cachecol sujo — um lenço — um pente — um chicote — um barrete — então deu uma espiada no chapéu — *Quelle étourderie!*[59] Ele esquecera a carta na mesa da hospedaria — ele correria até lá e a traria em três minutos.

Eu tinha acabado de jantar quando La Fleur entrou e fez um relato da sua aventura: me contou toda a história

[57] "Desesperado."
[58] "No que se refere a uma mulher."
[59] "Que descuido!"

exatamente como aconteceu e só acrescentou que se Monsieur tinha esquecido (*par hasard*)[60] de responder a carta da Madame, o ocorrido lhe dava a oportunidade de desfazer o *faux pas*[61] — e se não, as coisas continuariam como estavam.

Eu não estava tão seguro se, segundo a *étiquette*, eu devia mesmo ter escrito; ainda assim — nem o próprio diabo teria ficado furioso: não passava de zelo prestimoso de uma criatura bem intencionada com a minha integridade, e embora ele tenha errado o caminho — ou me constrangido ao fazê-lo — seu coração era puro — eu não sentia necessidade de escrever — e o que pesava mais que tudo — a sua fisionomia não era a de quem tinha cometido um erro.

— Está tudo bem, La Fleur, disse eu. — Foi suficiente. La Fleur saiu correndo do cômodo como um raio e voltou com pena, tinta e papel e, ao alcançar a mesa, pousou tudo à minha frente, com tanta satisfação no semblante, que não me restou alternativa a não ser tomar a pena.

Comecei e recomecei, e embora não tivesse nada a dizer e nada pudesse ser dito em meia dúzia de linhas, fiz meia dúzia de começos e não conseguia me satisfazer.

Resumindo, não estava com disposição para escrever.

La Fleur saiu e trouxe um pouco de água em um copo para diluir a tinta e foi buscar areia e sinete — não adiantou nada: escrevia e borrava, e rasgava, e queimava, e escrevia de novo — *Le Diable l'emporte!*[62] disse em parte para mim mesmo — não consigo escrever esta carta; e, ao dizê-lo, joguei a pena em desespero.

Assim que arremessei a pena, La Fleur aproximou-se da mesa com o porte mais respeitoso e, pedindo mil desculpas pela liberdade que tomaria, me contou que tinha

---

[60] "Por acaso."
[61] "Erro."
[62] "O diabo que carregue!"

uma carta no bolso escrita por um rufador de tambor do seu regimento à esposa de um cabo, que, ele se atrevia a dizer, conviria à situação.

Eu estava disposto a deixar o pobre rapaz prosseguir — Então, por favor, disse eu, me deixe ver.

La Fleur tirou de imediato uma pastinha suja abarrotada de cartas e bilhetes de amor em uma condição lamentável e, colocando-a na mesa e desatando a fita que os prendia, viu um por um, até que achou a carta em questão — *La voilà!*[63] disse ele, batendo palmas: desdobrou-a antes, colocou-a na minha frente e afastou-se três passos da mesa enquanto eu lia.

A CARTA
Madame,

Je suis pénétré de la douleur la plus vive, et réduit en même temps au désespoir par ce retour imprévu du Corporal qui rend notre entrevue de ce soir la chose du monde la plus impossible.

Mais vive la joie! et toute la mienne sera de penser à vous.

L'amour n'est rien sans sentiment.

Et le sentiment est encore moins sans amour.

On dit qu'on ne doit jamais se désespérer.

On dit aussi que Monsieur le Corporal monte la garde mercredi: alors ce sera mon tour.

---

[63] "Ei-la!"

Chacun a son tour.

En attendant – Vive l'amour! et vive la bagatelle!

> *Je suis, Madame, Avec tous les sentiments les plus*
> *respectueux et les plus tendres, tout à vous,*

Jaques Roque[64]

Bastava mudar o cabo pelo conde – e omitir a questão da sentinela na quarta-feira – e não teria nada de errado nem de certo com a carta – então, para satisfazer o pobre rapaz, que temeu pela minha integridade, pela própria e pela da sua carta, – escolhi os melhores elementos e os misturei do meu jeito – selei a carta e a enviei por La Fleur à Madame de L*** – e na manhã seguinte seguimos viagem para Paris.

PARIS

Para aquele que discute suas questões mediante equipagem e arrasta tudo à sua frente com meia dúzia de criados e dois cozinheiros – tudo está bem em um lugar como Paris – ele pode transitar em qualquer rua que desejar.

Um príncipe pobre, com um reduzido número de cavalos e cuja infantaria inteira não passa de um homem, devia abandonar a batalha e se fazer notar no gabinete, se puder chegar até lá – digo *chegar até lá* – porque não há

---

[64] "Estou carregado da mais profunda tristeza e ao mesmo tempo reduzido ao desespero por este retorno inesperado do cabo, o que torna o nosso encontro desta noite a maior impossibilidade do mundo. Mas viva a alegria! E toda a minha será pensar em você. O amor não é *nada* sem sentimento. E o sentimento é *menos* ainda sem amor. Dizem que não se deve jamais se desesperar. Dizem também que o Monsieur cabo estará de sentinela na quarta-feira: então será a minha vez. *Todos têm a sua vez.* Enquanto esperamos – Viva o amor! E viva a bagatela! Sou, Madame, com todos os sentimentos mais respeitosos e gentis, todo seu."

como surgir entre eles com um *"Me voici! mes enfants"*[65] — aqui estou — independentemente do que muitos possam pensar.

Minhas primeiras sensações, assim que fiquei solitário e só no quarto do hotel, não eram tão agradáveis quanto as havia conjecturado. Caminhei gravemente até a janela com o meu empoeirado casaco preto, e ao olhar através da janela, vi o mundo em amarelo, azul e verde, correndo na arena hedônica. Os velhos com lanças partidas e capacetes sem viseiras — os jovens com armaduras brilhantes, luzentes como o ouro, emplumados com vistosas penas do oriente — todos — todos lutavam como cavaleiros fascinados em torneios de outrora por fama e amor.

Pobre Yorick! lamentei-me, que fazes aqui? Justo no início de todo este bulício cintilante, te vês reduzido a um átomo — procura — procura uma viela sinuosa com um torniquete na entrada, em que nenhuma carruagem tenha passado ou tocha tenha iluminado — lá podes consolar tua alma em doce colóquio com alguma *grisette* de esposa de barbeiro e entrar em tais círculos!

Que eu morra! se o fizer, disse eu, tomando a carta que tinha de levar à Madame de R***. — Visitarei esta senhora, será a primeira coisa que farei. Assim, pedi a La Fleur que fosse procurar um barbeiro de pronto — que voltasse e escovasse meu casaco.

A PERUCA — PARIS

Quando chegou, o barbeiro recusou-se a fazer o que quer que fosse com a minha peruca, estava além ou aquém da sua habilidade: não tive alternativa a não ser comprar uma já feita e por ele recomendada.

— Mas eu acho, amigo! disse eu, que estes cachos não

---

[65] "Aqui estou, minhas crianças."

vão resistir. – Você pode mergulhá-los, respondeu, no mar
e eles resistirão –

Tudo nesta cidade é em escala grandiosa! pensei – O
alcance máximo da idéia de um peruqueiro inglês não
passaria de "molhá-los num balde de água" – Que diferença! é como entre o tempo e a eternidade.

Confesso que realmente detesto concepções fracas,
bem como a imaginação morna que as engendra; e geralmente fico tão comovido com as obras grandiosas da
natureza que, quando posso, nunca lanço mão de algo
menor que uma montanha numa comparação. Tudo o
que pode ser dito contra o sublime francês neste caso é o
seguinte – que a grandiosidade está *mais* na palavra e menos na *coisa*. O oceano sem dúvida dá ao espírito a idéia
de amplidão; mas já que Paris fica tão longe da costa, não
era de se esperar que eu corresse quase 200 quilômetros
para fazer a experiência – o barbeiro parisiense não quis
dizer nada. –

O balde de água comparado às profundezas do mar
compõe certamente uma imagem lamentável no discurso
– mas será dito – tem uma vantagem – fica próximo, e a
estabilidade dos cachos pode ser testada nele, sem dificuldade, num instante.

A bem da verdade e depois de um exame mais im-
parcial da questão, *A expressão francesa professa mais que
cumpre.*

Acho que posso ver sinais precisos e distintivos de traços nacionais mais nestas absurdas *minutiae* que nos mais
relevantes assuntos de estado, em que grandes homens de
todas as nações falam e se exibem tão indistintamente, eu
não daria um tostão por nenhum deles.

Levei tanto tempo para me livrar do barbeiro que ficou
muito tarde para pensar em levar a carta a Madame R***
naquela noite: mas quando um homem está totalmente
vestido para sair, suas considerações contam muito pouco;

assim, anotei o nome do Hôtel de Modene, onde estava hospedado, e saí caminhando sem destino certo — pensarei nisto, disse eu, enquanto caminho.

O PULSO — PARIS

Viva as pequenas cortesias da vida, pois tornam seus caminhos suaves! como a graça e a beleza que geram a tendência ao amor à primeira vista; sois vós que abris esta porta e deixais o estranho entrar.

— Por gentileza, Madame, como faço para chegar à *Opera comique*: — Certamente, Monsieur, disse ela, deixando de lado o seu trabalho —

Tinha dado uma olhada em meia dúzia de lojas pelo caminho em busca de um rosto que provavelmente não se chateasse com uma interrupção; até que, por fim, este me agradou e eu entrei.

Ela estava trabalhando num par de babados, sentada numa cadeira baixa, num canto da loja, de frente para a porta. —

— *Très volontiers*; com prazer, disse ela, ao deixar o seu trabalho numa cadeira ao lado e se levantou da cadeira baixa com tanto ânimo e com uma fisionomia tão contente, que se eu estivesse gastando cinqüenta luíses com ela, eu teria dito — "Esta mulher está agradecida."

O senhor deve virar, Monsieur, disse ela enquanto ia comigo para a porta da loja e indicava a rua que eu devia seguir — o senhor deve primeiro virar à esquerda — *mais prenez garde*[66]— há duas esquinas, e você deve virar na segunda — então o senhor segue adiante um pouco e verá uma igreja, quando passar por ela, vire à direita, e então chegará à *Pont Neuf*, que o senhor deve atravessar — e lá, qualquer pessoa terá satisfação de lhe indicar —

---

[66] "Mas tome cuidado."

Ela repetiu as indicações três vezes para mim com a mesma paciência prestativa na terceira vez quanto na primeira; — e se *tom e conduta* têm algum significado, que certamente têm, a não ser para os corações que os excluem — ela parecia mesmo interessada em fazer com que eu não me perdesse.

Não acredito que fosse a beleza da mulher, apesar de ela ser a *grisette* mais bela, acho, que já vi, que definia a opinião que eu tinha da sua polidez; só me lembro que quando disse o quanto estava agradecido, olhei no fundo dos seus olhos — e que agradeci o mesmo número de vezes que ela repetiu as indicações.

Não tinha me distanciado dez passos da loja quando me dei conta de que tinha esquecido cada detalhe do que ela dissera — olhei então para trás e a vi à porta, como se observasse se eu acertava — voltei para perguntar se deveria virar primeiro à esquerda ou à direita — pois tinha esquecido por completo. — É possível?! disse ela, sorrindo. — É bem possível, respondi, quando um homem está pensando mais numa mulher que no seu bom conselho.

Como era mesmo verdade — ela reagiu, como qualquer mulher reage a uma questão de justiça, com uma leve mesura.

— *Attendez!*,[67] disse ela, pondo a mão no meu braço para me deter enquanto pedia a um rapaz dos fundos da loja que fizesse um pacote com um par de luvas. Enviarei, disse ela, o embrulho por ele para aqueles lados, e se tiver a bondade de entrar, estará pronto num instante e ele acompanhará o senhor até o lugar. — Então entrei com ela até o canto da loja e peguei o babado que ela pusera na cadeira, já que desejava me sentar, ela se sentou na cadeira baixa, e de pronto me sentei ao seu lado.

— Ele estará pronto, Monsieur, num instante — E na-

---

[67] "Espere!"

quele instante, respondi, gostaria de dizer algo muito gentil por todas estas cortesias. Qualquer pessoa pode fazer uma eventual boa ação, mas uma sucessão delas mostra que é parte do temperamento; e certamente, acrescentei, se o mesmo sangue que sai do coração segue para as extremidades (tocando seu pulso), estou certo de que a senhora deve ter um dos melhores pulsos femininos do mundo — Sinta, disse ela, oferecendo o braço. Tirei então o chapéu, segurei seus dedos com uma mão e pus dois dedos da outra sobre a artéria —

Santo Deus! meu caro Eugenius, se passasses por ali e me visses sentado com meu casaco preto e com meu ar lânguido, contando as pulsações, uma a uma, com uma devoção tão verdadeira como se estivesse acompanhando o fluxo e o refluxo crítico da sua febre — Como terias rido e moralizado a respeito da minha nova profissão? — e terias rido e moralizado — Acredite, caro Eugenius, eu diria "há ocupações piores neste mundo que sentir o pulso de uma mulher". — Mas de uma *grisette*! Dirias — e numa loja aberta! Yorick —

— Tanto melhor: pois quando minhas intenções são diretas, não me importo se o mundo todo me vir sentindo.

O MARIDO — PARIS

Tinha contado vinte pulsações e estava indo rápido para a quadragésima, quando seu marido apareceu de repente e, vindo de uma sala nos fundos da loja, atrapalhou um pouco as minhas contas — Era só o seu marido, disse ela — então comecei uma nova contagem — Monsieur é tão generoso, falou quando o marido passou por nós, que se deu o trabalho de tomar meu pulso — O marido tirou o chapéu e, fazendo uma mesura, disse que eu lhe fazia um grande favor — e, ao dizê-lo, pôs o chapéu e saiu.

Meu Deus! disse para mim mesmo, quando ele saiu — e este homem pode ser o marido desta mulher?

Que os poucos que entendem quais as possíveis motivações para esta exclamação não se aborreçam com a explicação para aqueles que não entendem.

Em Londres, um lojista e sua esposa parecem ser um único ser: nos muitos dons intelectuais e físicos, ou um ou outro possui, de tal modo que geralmente encontram um equilíbrio e estabelecem uma relação tão estreita entre marido e mulher quanto se faz necessário fazer.

Em Paris, dificilmente há dois tipos de seres mais diferentes: já que tanto o poder executivo quanto o legislativo da loja não cabe ao marido, ele raramente aparece lá — num cômodo escondido, escuro e sinistro, ele fica inacessível com seu barrete, o mesmo filho tosco da Natureza que a Natureza criou.

O gênio de uma nação onde apenas a monarquia é *sálica*, quando cede este departamento e vários outros por completo às mulheres — elas, mediante regateio contínuo com clientes de todos os níveis e tamanhos, de manhã até a noite, como quando muitas pedrinhas pontudas se chocam por muito tempo dentro de uma sacola e, por meio de colisões cordiais, perdem todas as asperezas e arestas, além de ficarem redondas e lisas, algumas ficarão com o brilho do brilhante — Monsieur *le Mari* é um pouco melhor que uma pedra no seu caminho —

— Claro — claro, homem! Não é bom que estejas sozinho — tu foste feito para o intercurso social e os cumprimentos cordiais — e é este decorrente aperfeiçoamento das nossas naturezas que eu invoco como prova.

— E como pulsa, Monsieur? disse ela. — Com toda a benignidade, disse eu, olhando calmamente nos seus olhos, que eu esperava — Ela ia responder com alguma cortesia — mas o rapaz entrou na loja com as luvas — *À propos*,[68] disse eu, quero dois pares para mim também.

---

[68] "A propósito."

AS LUVAS — PARIS

Quando eu disse isso, a bela *grisette* levantou-se, dirigiu-se ao balcão, pegou um pacote e o abriu; avancei e fiquei de frente para ela: eram todas grandes demais. A bela *grisette* conferiu uma por uma na minha mão — Não alteraria o número — Ela insistiu que eu experimentasse um único par, que parecia ser o menor — Ela segurou aberto — minha mão entrou de uma vez — Não vai dar, disse eu, balançando um pouco a minha cabeça — Não, disse ela, fazendo o mesmo.

Há determinadas expressões combinadas de sutileza simples — em que capricho, sentido, seriedade e absurdo estão tão misturados, que nem todas as línguas de Babel liberadas ao mesmo tempo poderiam expressá-los — eles são comunicados e compreendidos de maneira tão instantânea que mal se consegue diferenciar a origem. Deixo para os loquazes a tarefa de encher páginas sobre o assunto — é suficiente no momento dizer mais uma vez que as luvas não dariam; então, cruzando os braços, nos encostamos no balcão — era estreito, só tinha o espaço do pacote entre nós.

A bela *grisette* olhava às vezes para as luvas, então para a janela ao lado, então para as luvas — e então para mim. Eu não estava disposto a quebrar o silêncio — segui seu exemplo: olhei para as luvas, então para a janela, então para as luvas e então para ela — e assim por diante, em ciclos.

Achei que perdia em todas as frentes — ela tinha um rápido olhar negro, que passava por entre um longo e aveludado par de cílios com tanta argúcia, que via o interior do meu coração e das minha entranhas — Pode parecer estranho, mas eu podia mesmo sentir que ela via —

— Não tem importância, disse eu, e peguei dois pares próximos e os pus no bolso.

Eu estava ciente de que a bela *grisette* não pedira uma

única libra acima do preço — queria que ela tivesse pedido uma a mais e estava pensando em como abordar o assunto — O senhor acha, disse ela, interpretando mal o meu constrangimento, que seria demais se eu pedisse uma moeda a mais a um estranho — e a um estranho cuja cortesia, mais que a sua necessidade de luvas, me deu a honra de se colocar à minha mercê? — *M'en croyez capable?*[69] — Decerto! não eu, disse eu; e se o fizesse, seria muito bem-vinda — Então contando o dinheiro na sua mão e com uma mesura mais longa do que geralmente se faz à esposa de um lojista, saí, e o rapaz com o pacote me seguiu.

A TRADUÇÃO — PARIS

Não havia ninguém no camarote para o qual fui encaminhado além de um velho oficial francês. Gosto do personagem, não só porque admiro o homem cujos modos são refinados por uma profissão que piora os homens já ruins; mas também porque conheci um certa vez — já morto — e porque resgataria uma página de profanação ao escrever seu nome e dizer ao mundo que se tratava do Capitão Tobias Shandy,[70] o mais caro do meu grupo e dos meus amigos, de cuja filantropia nunca me lembro, passado tanto tempo da sua morte — sem que meus olhos marejem-se de lágrimas. Por sua causa, guardo uma predileção por toda a corporação de veteranos; assim, segui em direção às duas fileiras finais e me sentei ao seu lado.

O velho oficial estava lendo um folheto, que podia ser o libreto da ópera, com um grande par de óculos. Quando me sentei, ele tirou os óculos, os guardou em um estojo de chagrém e colocou estojo e livro no bolso. Levantei-me parcialmente e lhe fiz uma mesura.

Traduza isto em qualquer língua civilizada do mundo — o sentido é:

---

[69] "Achai-me capaz?"
[70] Personagem de *Tristram Shandy*, o tio Toby.

"Eis aqui um pobre estrangeiro que entrou no camarote — ele parece não conhecer ninguém; e é provável que nunca conheça ainda que fique sete anos em Paris, se todo homem de quem ele se aproxime continuar com os óculos — significa fechar a porta do diálogo irremediavelmente na sua cara — e tratá-lo pior que um alemão."

O oficial francês podia igualmente ter dito tudo isso alto e, se tivesse, eu teria em seguida vertido a mesura para o francês também e diria: "Percebi sua atenção e sou muito grato por ela".

Não há segredo tão conveniente para o progresso da sociabilidade que dominar esta *estenografia*, e ser rápido em verter em palavras os vários olhares e gestos, com todas as suas inflexões e representações. De minha parte, em virtude de um antigo hábito, faço isso de maneira tão mecânica que, quando caminho pelas ruas de Londres, sigo traduzindo o tempo todo; e mais de uma vez fiquei atrás de um círculo de pessoas, onde nem três palavras foram pronunciadas, e distingui vinte diálogos, que eu poderia perfeitamente ter escrito e confirmado.

Uma noite, eu estava indo ao concerto de Martini[71] em Milão e quando atravessava a entrada do saguão, a Marquesina di F*** estava saindo um tanto afobada — e quase se chocou comigo antes que eu a visse, então pulei de lado para deixá-la passar — Ela fez o mesmo e para o mesmo lado; então chocaram-se nossas cabeças: ela de pronto se desviou para o outro lado para sair e fui igualmente desastrado, pois saltei para o mesmo lado e impedi mais uma vez sua passagem — Ambos fomos para o outro lado, e então de volta — e assim por diante — foi ridículo, nos ruborizamos intoleravelmente; então, por fim, fiz o que devia ter feito no início — fiquei imóvel, e a Marquesina não teve mais dificuldade. Não tive coragem de entrar na sala

---

[71] Refere-se provavelmente ao padre e compositor italiano Giovanni Battista Sammartini (1700–1775).

até que a compensasse esperando e a acompanhando com o olhar até que saísse do saguão — Ela olhou duas vezes para trás e seguiu meio de lado, como que dando espaço para alguém que fosse subir as escadas — Não, disse eu — esta tradução é vergonhosa: a Marquesina tem direito à melhor escusa que posso oferecer; e aquele início me deu a oportunidade de fazê-lo — então corri e pedi desculpas pelo constrangimento que lhe causei, dizendo que a minha intenção era deixá-la passar. Ela respondeu que foi guiada pela mesma intenção — então pedimos desculpas um ao outro. Ela estava no topo da escada e como não vi nenhum acompanhante por perto, pedi que me deixasse acompanhá-la até a carruagem — então descemos a escada, parando a cada três degraus para comentar o concerto e a aventura — Juro, Madame, disse quando a ajudei a entrar, fiz seis tentativas para deixá-la sair — E eu fiz seis, respondeu ela, para deixá-lo entrar — Queria que a senhora fizesse uma sétima, disse eu — De todo o coração, disse ela, abrindo espaço para mim — A vida é curta demais para perder tempo com formalidades — então entrei imediatamente, e ela me levou para casa com ela — E como foi o concerto, Santa Cecília,[72] que, presumo, estava presente, sabe mais que eu.

Acrescentarei apenas que a seqüência dada àquela tradução me foi mais prazerosa que qualquer outra que tive a honra de fazer na Itália.

O ANÃO — PARIS

Nunca tinha escutado o comentário de ninguém na vida, exceto de uma pessoa; e o seu nome provavelmente será revelado neste capítulo; de tal maneira que sendo tão disforme, deve haver algum fundamento para o que me impressionou quando pus os olhos na *platéia* — e era a

---

[72] Padroeira da música.

inexplicável zombaria da natureza de criar tantos anões — Sem dúvida ela zomba a cada certo tempo em quase todos os cantos do mundo; mas, em Paris, não há limite para o seu divertimento — A deusa parece quase tão trocista quanto sábia.

Enquanto levava a minha idéia para fora do *Opéra comique* comigo, media com ela todos que vi caminhando pelas ruas — Prática da melancolia! em especial quando o tamanho era extremamente pequeno — o rosto extremamente escuro — os olhos rápidos — o nariz longo — os dentes brancos — o queixo proeminente — ver tantos infelizes, devido a contingências, expulsos da categoria adequada e lançados no limite mesmo de outra, que me dá aflição escrever — a cada três homens, um é pigmeu! — alguns pela miudeza da cabeça ou pelas corcundas — outros pelas pernas arqueadas — um terceiro grupo arrastado pelas mãos da Natureza aos seis ou sete anos de vida — um quarto, no estado natural e perfeito, como miniaturas de macieira; que desde as primeiras noções e vigor das suas existências, pretenderam não mais crescer.

Um viajante médico diria que é em razão do excesso de bandagens — o melancólico, da falta de ar — e o curioso para corroborar o esquema que mede a altura das suas casas — a estreiteza das ruas e os poucos metros quadrados no sexto ou sétimo andar em que um número tão grande de *Bourgeois* come e dorme junto; mas lembro que o sr. Shandy,[73] o mais velho, que tinha sempre uma explicação única para tudo, ao falar sobre estas questões numa noite, asseverou que as crianças, assim como os outros animais, podiam atingir quase qualquer tamanho, contanto que nascessem de maneira correta; mas a tristeza era que os cidadãos de Paris ficavam tão confinados que não tinham espaço para fazê-lo — Não estou falando de fazer

---

[73] Walter Shandy, pai de Tristram Shandy.

pouco, disse ele — é não fazer nada — Não, continuou ele, avançando no argumento, é pior que nada, pois tudo o que se consegue depois de vinte ou vinte e cinco anos do cuidado mais carinhoso e da alimentação mais nutritiva concedidos, é que eles não chegam sequer à altura da minha perna. Ora, uma vez que o sr. Shandy era muito baixo, não podia restar mais nada a dizer sobre o assunto.

Como a pretensão deste trabalho não é o racionalismo, deixo a solução como a achei e me contento apenas com a verdade do comentário, que é verificada em cada travessa e em cada viela de Paris. Eu estava caminhando por aquela que liga a Carroussel ao Palais Royal e vi um garotinho aflito do lado de uma valeta, que corria no meio da viela, tomei sua mão e o ajudei a atravessar. Quando depois olhou para cima, percebi que ele tinha cerca de quarenta anos — Tudo bem, disse eu, alguma boa alma fará o mesmo para mim quando eu tiver noventa.

Tenho alguns pequenos preceitos em mim que me inclinam a ser mais indulgente com esta pobre parcela frustrada da minha espécie, que não têm tamanho nem força para progredir no mundo — não agüento ver um deles sujeitado; e mal tinha sentado ao lado do oficial francês quando o fastio foi posto à prova ao ver justo a coisa acontecer, embaixo do nosso camarote.

No extremo da orquestra e entre este e o primeiro camarote lateral, há um pequeno espaço, onde, quando a casa está cheia, muitos de todas as categorias se refugiam. Apesar de ficar em pé, como na platéia, paga-se o mesmo preço de quem fica sentado na orquestra. Um pobre ser indefeso desta ordem tinha sido empurrado de alguma maneira para este lugar desafortunado — a noite estava quente, e ele estava rodeado de seres com quase um metro a mais que ele. O anão sofria indescritivelmente por todos os lados; mas o que mais o incomodava era um alemão alto e corpulento, com quase dois metros, que se posicionou justamente entre ele e qualquer possibilidade de ele enxergar o palco ou os atores. O pobre anão fazia de tudo o que podia para dar uma espiada no que estava acontecendo adiante, procurando uma brecha entre o braço e o corpo do alemão, tentou primeiro de um lado, depois do outro, mas o alemão permanecia imóvel, na posição mais inflexível que se pode imaginar — daria no mesmo se o anão estivesse no poço mais fundo de Paris; então gentilmente tocou a manga do alemão e lhe expôs sua situação — O alemão girou a cabeça para trás, olhou para baixo como Golias fez com Davi — e insensivelmente reassumiu sua posição.

Eu estava justamente pegando uma pitada de rapé da caixinha de chifre do monge — E o teu espírito manso e cortês, meu caro monge! tão propenso a *transigir e tolerar*! — com que doçura ele teria escutado a queixa desta pobre alma!

O velho oficial francês, ao me ver levantar os olhos com emoção enquanto fazia a apóstrofe, tomou a liberdade de me perguntar o que tinha acontecido — contei-lhe a história em três palavras e acrescentei como era cruel.

A esta altura, o anão tinha chegado ao limite e no seu primeiro rompante, que é, em geral, excessivo, disse ao alemão que lhe cortaria o rabicho com a faca — O alemão olhou para trás impassível e lhe disse para ficar à vontade se conseguisse alcançar.

Uma injustiça aguçada por um insulto, seja com quem for, faz de qualquer homem de sentimento um litigante: eu podia ter pulado do camarote para compensar. — O velho oficial francês o fez sem tanto alvoroço: inclinou-se um pouco, acenou para um segurança e apontou ao mesmo tempo para o incidente — o segurança seguiu naquela direção. — Não havia necessidade de apresentar a queixa — a situação falou por si e, empurrando o alemão com seu mosquete, pegou o pobre anão pela mão e o colocou na sua frente. — Excelente! disse eu, batendo palmas — E não obstante, isso não seria permitido, disse o velho oficial, na Inglaterra.

— Na Inglaterra, caro senhor, *todos nos sentamos confortavelmente.*

O velho oficial francês teria me abandonado se eu tivesse discordado — e dizendo que tinha sido um *bon mot*[74] — e como um *bon mot* sempre tem uma retribuição em Paris, ele me ofereceu uma pitada de rapé.

A ROSA — PARIS

Era a minha vez de perguntar ao velho oficial francês "o que aconteceu?", pois um grito de "*Haussez le mains, Monsieur l'Abbé*"[75] ecoou de doze cantos diferentes da platéia e foi tão ininteligível para mim quanto a minha apóstrofe ao monge tinha sido para ele.

Ele contou que se tratava de um pobre abade num dos camarotes superiores, que ele achava que tinha se escondido atrás de duas *grisette* para ver a ópera e que a platéia ao vê-lo insistia que ele mantivesse as mãos levantadas durante o espetáculo. — E é possível, disse eu, que acreditem que um religioso vá mexer no bolso da *grisette*? O velho oficial francês sorriu e, sussurrando no meu ouvido, abriu meus olhos para o que eu nem desconfiava —

Meu Deus! disse eu, lívido de assombro — é possível que um povo tão tomado de sentimento pode, ao mesmo tempo, ser tão obsceno, tão diferente — *Quelle grossièreté!*[76] acrescentei.

O oficial francês contou que se tratava de um sarcasmo indecente contra a igreja, que tinha começado no teatro mais ou menos na mesma época da estréia do *Tartufo* de

[74] "Dito arguto."
[75] "Levante as mãos, abade."
[76] "Que grosseria!"

Molière — mas, como outros vestígios dos modos godos, estava em declínio — Toda nação, continuou, tem seus refinamentos e suas *grossièretés*, em que tomam a dianteira e se perdem a cada certo tempo — ele estivera em muitos países, mas nunca em um em que não encontrasse algumas delicadezas que faltavam em outros.

Le pour et le contre se trouvent en chaque nation;[77] há um equilíbrio, disse ele, de bem e mal em todos os lugares; e nada além da consciência disso pode livrar uma metade do mundo dos preconceitos que nutre contra a outra — a vantagem de viajar, no que diz respeito a *savoir-vivre*, era que a percepção de uma grande quantidade de homens e modos nos ensinava a tolerância mútua, e a tolerância mútua, concluiu, fazendo uma mesura, nos ensinava o amor mútuo.

O velho oficial francês proferiu isso com uma atitude de tanta franqueza e bom senso que coincidia com a favorável primeira impressão que tive do seu caráter — achei que gostava dele; mas receio que tenha confundido o objeto — era a minha concepção do mundo — a diferença era que eu não conseguiria ter expressado com metade da eloqüência.

É problemático tanto para o cavaleiro quanto para o animal — se este por tudo se interessa e se espanta com qualquer objeto que ele nunca viu — Passo por poucos tormentos desta natureza como qualquer outra criatura e, ainda assim, confesso honestamente que muitas coisas me causaram sofrimento e que enrubesci diante de muitas palavras num primeiro momento — que achei trivial e perfeitamente inocente num segundo.

Madame de Rambouliet, passadas umas seis semanas desde que nos conhecemos, fez a gentileza de me conduzir cerca de duas léguas da cidade na sua carruagem — De

---

[77] "Há prós e contras em todas as nações."

todas as mulheres, Madame de Rambouliet é a mais correta, e prefiro não ver outra com mais virtudes e pureza de coração — Na volta, Madame de Rambouliet quis que eu puxasse a corda — Perguntei se ela precisava de alguma coisa — *Rien que pisser*,[78] disse Madame de Rambouliet —

Não se angustie, viajante gentil, por deixar Madame de Rambouliet m--ar — E vós, belas ninfas místicas! vá cada uma desfolhar sua rosa,[79] e espalhá-la pelo caminho — pois foi só isso que Madame de Rambouliet fez — ajudei Madame de Rambouliet a sair da carruagem; e se eu fosse o sacerdote da casta CASTÁLIA, não teria servido ao seu jato com mais decoro.

FIM DO VOLUME I

---

[78] "Só mijar."

[79] No original, *pluck your rose*: eufemismo para "urinar".

VOLUME II | 89

A FILLE DE CHAMBRE — PARIS

O que o velho oficial francês dissera sobre viagem me lembrou o conselho que Polônio deu ao filho[1] sobre a mesma questão – o que me lembrou Hamlet, e com ele, o resto da obra de Shakespeare; assim, parei no Quai de Conti, na volta para casa, para comprar toda a coleção.

O vendedor disse que não tinha uma coleção sequer – *Comment?!*[2] disse eu, ao pegar um exemplar de uma coleção que estava no balcão que nos separava. – Ele disse que eles lhe foram enviados somente para serem encadernados e que voltariam para Versalhes, na manhã seguinte, para o conde de B****.[3]

– E o conde de B****, disse eu, lê Shakespeare? *C'est un esprit fort*;[4] replicou o vendedor. – Ele aprecia livros ingleses; e, o que contribui mais para a sua distinção, Monsieur, é que ele aprecia os ingleses também. Você fala isso com tanta civilidade, disse eu, que é o suficiente para obrigar um inglês a gastar um ou dois luíses na sua loja – o vendedor me fez uma mesura e ia dizer algo quando uma jovem recatada, com cerca de vinte anos, que, a julgar pelo porte e pelas roupas, parecia ser a *fille de chambre* de uma senhora devota, entrou na loja e pediu *Les Égare-*

---

[1] Ver *Hamlet*, I, III, vv. 59-81.
[2] "Como?!"
[3] Provável referência a Claude de Thiard, conde de Bissy, anglófilo, que aparentemente ajudou Sterne a tirar o passaporte na sua primeira viagem à França, em 1762.
[4] "É um intelectual."

ments du Coeur & de l'Esprit[5] [As tolices do coração e do espírito]. O vendedor deu-lhe o livro imediatamente; ela pegou uma bolsinha verde de cetim presa por uma fita da mesma cor, enfiou o indicador e o polegar nela, tirou o dinheiro e pagou. Como eu não tinha mais por que ficar na loja, nós dois saímos ao mesmo tempo.

— E o que tem você, minha cara, com as tolices do coração, você, que mal sabe se tem um? não poderás ter certeza de que é assim até que o amor se manifeste ou até que um pastor traiçoeiro o faça sofrer — *Le Dieu m'en garde!*[6] disse a garota — Com razão, disse eu — pois se for bom, é uma pena que seja roubado: é um pequeno tesouro para ti e dá mais graça à tua feição que se estivesse ornada com pérolas.

A jovem escutou com uma atenção servil, segurando com a mão a sua bolsinha de cetim pela fita, todo o tempo — É muito pequena, disse eu, tocando-lhe o fundo — ela a segurou na minha direção — e há muito pouco nela, minha cara, disse eu; mas se fores tão boa quanto és bela, o céu a encherá: eu tinha alguns xelins para comprar o Shakespeare; e como ela tinha soltado totalmente a bolsa, pus uma moeda nela e, dando um laço na fita, lhe devolvi.

A jovem fez-me uma mesura mais humilde que longa — foi uma daquelas inclinações comedidas, gratas, em que o espírito se curva — o corpo só a manifesta. Nunca, na vida, dei uma moeda a uma garota que me proporcionasse metade do prazer.

Meu conselho, minha cara, não valeria nada para você, disse eu, se não tivesse dado isso junto: mas quando você vir a moeda, você se lembrará dele — então, minha cara, não a desperdice com laços.

Dou a minha palavra, Sir, disse a garota, gravemente,

---

[5] Romance de Claude-Prosper Jolyot de Crébillon, considerado licencioso.
[6] "Deus me livre!"

que sou incapaz — ao dizê-lo, como é habitual em pequenas barganhas de reverência, deu-me a mão — *En vérité, Monsieur, je mettrai cet argent à part,*[7] disse ela.

Quando um pacto honesto é selado entre um homem e uma mulher, ele purifica seus caminhos mais secretos: então, não obstante fosse escuro, como nossas rotas seguiam na mesma direção, não hesitamos em caminhar pelo Quai de Conti juntos.

Ela fez uma segunda mesura ao partir e, antes que nos afastássemos quase vinte metros da porta, como se já não fosse suficiente, ela se deteve um pouco para dizer mais uma vez — que me era grata.

Foi uma pequena homenagem que não pude deixar de prestar à virtude, contei-lhe, e não me enganaria com a pessoa que tenho reverenciado de jeito nenhum — mas vejo inocência, minha cara, no seu semblante — e que a desventura caia sobre o homem que armar uma cilada no seu caminho!

A garota parecia tocada de alguma maneira com o que eu falava — ela deu um longo suspiro — achei que não me cabia indagar nada depois disso — então calei-me até chegar à esquina da Rue de Nevers, onde nos separaríamos.

— Mas este, minha cara, disse eu, é o caminho para o Hotel de Modene? ela disse que sim — ou, que eu podia pegar a Rue de Guénégaud, a próxima. — Então seguirei, minha cara, pela Rue de Guénégaud, disse eu, por duas razões; primeira é que me agradará e a segunda é que lhe darei a proteção da minha companhia até onde eu puder. A garota percebeu que eu estava sendo cortês — e disse, queria que o hotel de Modene fosse na Rue des Saints-Pères — Você mora lá? perguntei. — Ela disse que era *fille de chambre* de Madame R**** — Meu Deus! disse eu, é justamente a pessoa para quem eu trouxe uma carta de

---

[7] "Realmente, Monsieur, não tocarei neste dinheiro."

Amiens — A garota disse que achava que Madame R**** estava esperando um estrangeiro, que trazia uma carta, e que estava impaciente à sua espera — então pedi que a garota enviasse meus cumprimentos a Madame R**** e que dissesse que a visitaria pela manhã.

Ficamos na esquina da Rue de Nevers enquanto isto se passava — Então paramos um pouco para que ela arranjasse uma forma mais conveniente de carregar o seu *Les Égarements du Coeur &c* do que nas mãos — eram dois volumes; então segurei um enquanto ela colocava o outro no bolso, depois ela abriu o bolso para que eu o pusesse dentro.

É agradável sentir por que caminhos sutis nossas afeições se cruzam.

Partimos mais uma vez e, quando deu o terceiro passo, a garota deu-me o braço — eu já ia oferecer — mas ela o fez por si, com uma simplicidade gratuita que mostrava que ela nem cogitava que nunca tinha me visto antes. Da minha parte, tive a convicção tão forte de consangüinidade, que não pude deixar de me virar e olhar seu rosto para ver se conseguia reconhecer algo de familiar — Ei! disse eu, não somos parentes?

Quando chegamos à esquina da Rue de Guénégaud, parei para me despedir definitivamente: a garota me agradeceu de novo pela companhia e generosidade — ela se despediu duas vezes — repeti com a mesma freqüência; e nossa despedida foi tão cordial, que, se tivesse acontecido em qualquer outro lugar, não tenho certeza, mas talvez tivesse selado a situação com um beijo de caridade, tão cordial e sagrado quanto o de um apóstolo.

Mas como, em Paris, só os homens se beijam — fiz o correspondente —

— Pedi a Deus que a abençoasse.

O PASSAPORTE — PARIS

Quando cheguei ao hotel, La Fleur contou que eu tinha sido procurado pelo tenente de polícia — O diabo que o carregue! disse eu — Sei por quê. É hora de o leitor saber, pois, na ordem em que se deu o acontecido, o que foi omitido; não que eu desconsiderasse, mas, se eu tivesse dito então, talvez agora fosse esquecido — e é agora que preciso dele.

Deixei Londres com tanta precipitação, que nem passou pela minha cabeça que estávamos em guerra com a França,[8] e foi só quando cheguei a Dover e avistei, através da luneta, as colinas além de Bolonha que a idéia me ocorreu; e, com ela, a percepção de que não tinha como chegar lá sem um passaporte. Sinto uma aversão terrível de andar nem que seja até o fim de uma rua e voltar tão ignorante quanto parti; e sendo este um dos maiores esforços que já fiz em busca de conhecimento, suportava menos ainda a idéia: então, ao escutar que o conde de **** tinha alugado o paquete, pedi-lhe que me abrigasse na sua comitiva. O conde me conhecia um pouco e portanto apresentou pouca ou nenhuma resistência — só disse que a sua disposição para me ajudar não poderia ir além de Calais, já que retornaria a Paris por Bruxelas; contudo, quando eu chegasse lá, seguiria para Paris sem interrupção; mas que em Paris, eu deveria fazer amigos e me virar. — Só preciso chegar a Paris, Monsieur conde, disse eu — e me arranjarei muito bem. Então embarquei e não pensei mais no assunto.

Quando La Fleur disse que eu tinha sido procurado pelo tenente de polícia — a coisa voltou de pronto — e quando La Fleur tinha acabado de me contar, o proprietário do hotel entrou no quarto para me contar a mesma coisa, com o acréscimo de que foi pedido, sobretudo, o

---

[8] Sterne viajou para a França em 1762, durante a Guerra dos Sete Anos.

VIAGEM SENTIMENTAL

meu passaporte, e concluiu dizendo que esperava que eu tivesse um. — Eu não! disse eu.

O proprietário afastou-se três passos de mim, como de um doente, quando afirmei isso — e o pobre La Fleur avançou três passos na minha direção e com aquele tipo de movimento que as boas almas fazem para socorrer outra em aflição — o sujeito ganhou meu coração com aquilo; e a partir daquele simples *trait*,[9] vi o seu caráter tão perfeitamente e pude confiar nele tão firmemente, como se ele me tivesse servido com lealdade por sete anos.

— *Monseigneur*! exclamou o proprietário do hotel — mas, já ponderando ao fazê-la, mudou prontamente o seu tom — Se Monsieur, disse ele, não tem um passaporte (*apparemment*) há toda probabilidade de ter amigos em Paris que possam providenciá-lo. — Não que eu saiba, disse eu, com um ar de indiferença. — Então *certes*,[10] retorquiu, você será mandado para a Bastilha ou para o Châtelet, *au moins*.[11] Ora! disse eu, o rei da França é uma alma boa — ele não fará mal a ninguém. — *Cela n'empêche pas*,[12] disse ele — você certamente será mandado para a Bastilha amanhã de manhã. — Mas eu paguei por este quarto por um mês, respondi, e não sairei daqui um dia sequer antes do tempo, nem por todos os reis da França do mundo. La Fleur sussurrou no meu ouvido Que ninguém podia se opor ao rei da França.

— *Pardi*! disse o hospedeiro, *ces Messieurs Anglais sont des gents très extraordinaires*[13] — e tendo dito isto e jurado — saiu.

---

[9] "Traço, característica."
[10] "Certamente."
[11] "Pelo menos."
[12] "Isto não impede."
[13] "Claro, estes senhores ingleses são pessoas extraordinárias."

O PASSAPORTE — O HOTEL EM PARIS

Não podia torturar La Fleur com um exame sério da questão do meu contratempo, que foi a razão de eu a ter tratado com tanta leviandade: e para lhe mostrar como aquilo me era leve, não toquei no assunto; e, enquanto ele me servia o jantar, conversei com ele mais animadamente que o habitual sobre Paris e sobre a ópera-cômica. — La Fleur tinha estado lá e tinha me acompanhado até a livraria; mas, quando viu que saí com a jovem *fille de chambre*, e que caminhávamos pelo Quai de Conti juntos, La Fleur julgou desnecessário me seguir — então, fazendo suas próprias considerações a respeito, tomou um atalho — e chegou ao hotel a tempo de ser informado sobre o assunto de polícia antes que eu chegasse.

Assim que a honesta criatura saiu e desceu para jantar, comecei a pensar um tanto seriamente sobre a minha situação. —

— E neste ponto, sei, Eugenius, que sorrirá lembrando uma breve conversa que tivemos no momento em que eu partia — devo registrá-la aqui.

Eugenius, sabendo da minha pouca tendência para acumular, tanto dinheiro quanto ponderação, me puxou de lado para perguntar de quanto eu dispunha; quando lhe informei a soma exata, Eugenius balançou a cabeça e disse que não seria suficiente; então tirou sua bolsa para esvaziá-la na minha — Já tenho o suficiente, Eugenius, disse eu. — Na verdade, Yorick, você não tem, retorquiu Eugenius — eu conheço a França e a Itália melhor que você. — Mas você não acha, Eugenius, disse eu, recusando sua oferta, que antes que eu complete três dias em Paris, darei um jeito de dizer ou fazer uma coisa ou outra pela qual serei levado à Bastilha e que morarei lá uns dois meses à custa do rei da França? — Peço desculpa, disse Eugenius sarcasticamente: é verdade, eu tinha esquecido este expediente.

VIAGEM SENTIMENTAL

Agora o acontecido, que eu tratei levianamente, chegou seriamente à minha porta.

Será desatino, ou indiferença, ou filosofia, ou obstinação — ou o que quer que seja em mim que, quando La Fleur desceu as escadas e fiquei só, não deixava eu pensar no assunto que não fosse como eu tinha conversado com Eugenius?

— E quanto à Bastilha! o terror está na palavra — Não importa o quanto exagerem, disse para mim mesmo, Bastilha é só outra palavra para torre — e torre é só outra palavra para uma casa da qual não se pode sair — Misericórdia para os que sofrem de gota! pois eles ficam assim duas vezes por ano — mas com nove libras por dia e uma pena e tinta e papel e paciência, ainda que o homem não possa sair, ele pode passar muito bem lá dentro — pelo menos durante um mês ou seis semanas; no fim do que, se ele for um sujeito inofensivo, sua inocência será aparente e ele sairá um homem melhor e mais sábio que quando entrou.

Tive um motivo (esqueci qual) para ir ao pátio enquanto ponderava esta questão; e lembro que desci triunfante as escadas, vaidoso com o meu raciocínio — Para o inferno o pincel *sombre*![14] disse eu com empáfia — pois não invejo seu poder, que pinta os males da vida com uma cor tão opressiva e mortal. O espírito aterroriza-se com objetos que ele mesmo ampliou e denegriu: reduza-os ao tamanho e tom próprios e ela se sobrepõe — É verdade, disse eu, corrigindo a proposição — a Bastilha não é um mal a ser menosprezado — mas despoje-a de suas torres — encha seu fosso — desobstrua as portas — chame-a simplesmente de confinamento e suponha que é a tirania de uma enfermidade — e não a de um homem que o mantém lá —

---

[14] "Sombrio."

metade do mal some, e você suporta a outra metade sem queixas.

Fui interrompido no auge deste solilóquio por uma voz que supus ser de uma criança, que reclamava que não podia sair. – Olhei para cima e para baixo no corredor e não vendo mulher, homem ou criança, saí sem me preocupar mais.

Na minha volta pelo corredor, escutei as mesmas palavras repetidas duas vezes; e, ao olhar para cima, vi que era um estorninho preso em uma gaiola. – "*I can't get out – I can't get out*", dizia o estorninho: "Não posso sair, não posso sair".

Fiquei olhando o pássaro: cada pessoa que passava pelo corredor, ele adejava para o lado de que ela se aproximava, com a mesma lamentação do seu cativeiro – "*I can't get out*", dizia o estorninho – Deus te ajude! disse eu, mas eu te libertarei, custe o que custar; então virei a gaiola para alcançar a porta, estava tão firmemente amarrada e enlaçada com arame, que não tinha como abri-la sem quebrar a gaiola – usei as duas mãos para tentar.

O pássaro voou para onde eu estava tentando sua libertação, e, forçando sua cabeça pela grade, pressionou o peito contra ela, como que impaciente – Temo, pobre criatura! disse eu, não conseguir te libertar – "*No*", disse o estorninho – "*I can't get out – I can't get out*", disse o estorninho.

Juro, nunca vi despertar em mim emoções mais ternas; nem lembro uma ocasião, na minha vida, em que a imaginação solta, que brincava com a minha razão, fosse refreada tão prontamente. Ainda que mecânicas, as notas eram cantadas de maneira tão afinada com a natureza, que, num instante, deitaram por terra todo o meu raciocínio sistemático sobre a Bastilha; subi gravemente as escadas, desdizendo cada palavra que tinha dito ao descê-las.

Disfarça-te como quiseres, escravidão inerte! disse eu

– ainda és um trago amargo; e não obstante milhares, em todas as épocas, tenham sido forçados a beber de ti, não és menos amarga por essa razão.[15] – És tu, deusa três vezes doce e graciosa, dirigindo-me à LIBERDADE, a que todos louvam pública e reservadamente, cujo sabor é agradável e sempre será, até que a NATUREZA em si mude – nenhum *matiz* verbal pode macular teu manto alvo, nem poder alquímico transformar teu cetro em ferro – se sorris para o camponês enquanto ele come seu pão, ele será mais feliz que o seu rei de cuja corte estás exilada – Meu Deus! exclamei, ajoelhando-me no último degrau, o primeiro na minha subida – concede-me apenas saúde, tu, seu grande Concessor, e dá-me como companhia somente esta bela deusa – e, se parecer bom à tua divina providência, despeje tuas mitras sobre as cabeças que sofrem por elas.

O PRISIONEIRO – PARIS

O pássaro na gaiola perseguiu-me até meu quarto; sentei-me junto da mesa e, apoiando a cabeça na mão, comecei a imaginar comigo mesmo as penúrias da prisão. Estava com a justa disposição para isso e então deixei a minha imaginação correr solta.

Estava começando com os milhões de semelhantes nascidos sem nenhuma herança a não ser a escravidão, mas descobri que, ainda que o quadro fosse comovente, eu não conseguia aproximá-lo de mim e que a multidão de grupos tristes ali só me distraíam.

– Tomei um único prisioneiro e, tendo-o trancado na masmorra, olhei-o à meia-luz, através da grade, para fazer-lhe um retrato.

Observei seu corpo meio desgastado pela longa expectativa e pela prisão e senti o tipo de doença no coração

---

[15] Provável reação ao pedido de Ignatius Sancho, escravo africano forro, que entrou em contato com Sterne elogiando um sermão (10) sobre a escravidão e pedindo-lhe que continuasse a abordar o assunto.

que nasce da esperança adiada.[16] Examinando-o de perto, o vi pálido e febril: em trinta anos, o vento ocidental[17] não ventilou nenhuma vez seu sangue — ele não viu o sol, nem a lua durante todo o tempo — nem a voz sussurrada de amigo ou parente pela grade — seus filhos —

— Mas neste ponto meu coração começou a sangrar — e fui forçado a continuar com outra parte do retrato.

Ele estava sentado no chão, na extremidade da cela, sobre um pequeno monte de palha, que lhe servia de cadeira e cama; na cabeceira, um pequeno calendário de gravetos entalhados com os dias e as noites lúgubres que passara lá — ele segurava um destes gravetos e, com um prego enferrujado, gravava mais um dia de penúria para acrescentar ao restante. Como obscureci a pouca luz de que dispunha, ele levantou o olhar desesperançado na direção da porta e então o abaixou de novo — balançou a cabeça e continuou com sua tarefa de aflição. Escutei as correntes nas suas pernas quando ele girou o corpo para colocar o graveto no monte — Ele deu um suspiro profundo — Vi o ferro entrar na sua alma — desatei num choro convulso — não pude suportar o quadro de confinamento que a minha imaginação tinha pintado — pulei da cadeira, chamei La Fleur e pedi que ele providenciasse uma carruagem, que estivesse pronta às nove da manhã, na porta do hotel.

— Irei diretamente, disse eu, ao Monsieur le Duc de Choiseul.[18]

La Fleur teria me preparado para dormir; mas como não queria que ele visse algo na minha fisionomia, o que custaria à fiel criatura um peso no coração — disse-lhe que me prepararia sozinho para dormir — e pedi que fizesse o mesmo.

---

[16] Referência a Pv 13, 12: "A esperança que tarda deixa doente o coração".
[17] Referência a Ex 10, 19.
[18] Refere-se a César-Gabriel de Choiseul, ministro de relações exteriores, a quem Sterne pediu um passaporte.

O ESTORNINHO —
A ESTRADA PARA VERSALHES

Entrei na carruagem no horário que me propus: La Fleur subiu em seguida e pedi ao cocheiro que chegasse o mais rápido possível a Versalhes.

Como não havia nada na estrada, ou melhor, nada que me interessasse em uma viagem, não posso preencher este intervalo de maneira mais proveitosa que com uma historinha sobre este mesmo pássaro, que foi o assunto do último capítulo.

Enquanto o Ilustre sr. **** esperava um vento, em Dover, o pássaro foi capturado nos rochedos antes que pudesse voar de fato por um rapaz inglês, seu criado, que, não querendo machucá-lo, o levou no peito para o paquete — e, como o tivesse alimentado e protegido, em um ou dois dias se afeiçoou a ele e o levou a salvo para Paris.

Em Paris, o rapaz gastara uma libra numa pequena gaiola para o estorninho e, como tinha pouco melhor a fazer nos cinco meses que seu patrão ficou lá, ensinou-lhe na sua língua as quatro palavras simples — (e não mais) — das quais sou tão devedor.

E com o seu patrão seguindo para a Itália — o rapaz deu o pássaro ao proprietário do hotel — Mas como o seu canto pela liberdade era numa língua *desconhecida* em Paris — o pássaro tinha pouco ou nenhum valor para ele — então La Fleur comprou o pássaro e a gaiola para mim por uma garrafa de Borgonha.

Na volta da Itália, trouxe-o comigo para o país em cuja língua ele aprendeu suas notas — e ao contar sua história ao lorde A — lorde A implorou pelo pássaro — em uma semana, lorde A deu o pássaro ao lorde B — lorde B o deu de presente a lorde C — e o criado do lorde C o vendeu por um xelim ao criado do lorde D — lorde D o deu ao lorde E — e assim por diante — metade do alfabeto — Daquela classe, ele migrou para outras inferiores e passou pelas mãos de muitos plebeus — Mas como todos estes queriam *entrar* — e meu pássaro queria *sair* — ele teve quase tão pouco valor em Londres quanto em Paris.

É possível que muitos dos meus leitores tenham ouvido falar dele; e se algum, por acaso, o tiver visto, peço licença para informar que aquele era o meu pássaro — ou alguma cópia desprezível forjada para representá-lo.

Não tenho mais nada para acrescentar a seu respeito além de que, desde então, tenho exibido este pobre estorninho como cimeira no meu brasão. — Assim:

— E deixem que os heraldistas lhe torçam o pescoço se ousarem.

O PEDIDO — VERSALHES

Não gostaria que meu inimigo tivesse acesso à minha mente quando vou pedir a proteção de um homem: por esta razão geralmente me esforço para me proteger; mas apelar ao Monsieur le duc de C**** era um ato compulsório — se fosse uma questão de escolha, teria praticado, acho, como outras pessoas.

VIAGEM SENTIMENTAL

Quantos planos mesquinhos de pedidos vis, enquanto eu seguia, meu coração servil formulou! Merecia a Bastilha por cada um deles.

Nada me servia, quando avistei Versalhes, além de juntar palavras e frases e imaginar atitudes e tons para cair nas graças do Monsieur le duc de C**** — Isto funcionará — disse eu — Assim como, retorqui de novo, um casaco levado a ele por um alfaiate audaz, sem tirar suas medidas — Tolo! continuei — primeiro veja a expressão do Monsieur le duc — observe que caráter está escrito ali, atente para a sua postura quando escuta você — note as alterações e os trejeitos de seu corpo e membros —

E quanto ao tom — o primeiro som que sair da sua boca vai indicá-lo a você; e, a partir de tudo isso, você formará um pedido na hora, lá mesmo, que não desagradará o duque — os ingredientes são os dele mesmo e provavelmente terão aceitação.

Bem! disse eu, queria que já tivesse acabado — Covarde de novo! como se um homem não fosse igual ao outro em qualquer lugar do mundo; e se é assim no campo — por que não, cara a cara, no escritório também? E acredite, Yorick, quando não funciona assim, o homem é falso consigo mesmo; e trai dez vezes seu próprio amparo, enquanto a natureza o faz uma vez. Vai ao duc de C**** com a Bastilha no olhar — Aposto minha vida, serás escoltado de volta a Paris em meia hora.

Acho que sim, disse eu — Então irei ao duque, por Deus! com toda a alegria e jovialidade do mundo. —

— E nisso, você está errado de novo, retruquei — Um coração tranqüilo, Yorick, não se perde em excessos — permanece sempre centrado. — Ora! ora! exclamei, enquanto o cocheiro entrava pelos portões — acho que me sairei muito bem: e, quando ele deu a volta no pátio e me levou à porta, sentia-me tão bem para a minha conferência que nem subi os degraus como uma vítima da justiça, que ia se despedir da vida no seu topo, — nem com pulos e alguns passos largos, como faço quando corro, Eliza! em tua direção, para encontrar a vida.

Quando passei pela porta do salão, fui recebido por uma pessoa que era provavelmente o *maître d'hôtel*, mas que tinha mais o porte de um dos subsecretários, que me disse que o duc de C**** estava ocupado — Ignoro por completo, disse eu, como se obter uma audiência, uma vez que sou estrangeiro e, o que é pior, na presente conjuntura, inglês. — Ele respondeu que aquilo não dificultava. — Fiz-lhe uma leve mesura e disse que eu tinha algo importante a dizer ao Monsieur le duc. O secretário olhou na direção das escadas, como se estivesse a ponto de me deixar levar o assunto à apreciação de alguém — Mas não devo iludi-lo, disse eu — pois o que tenho a dizer não é certamente importante para o Monsieur le duc de C**** — mas de grande importância para mim. — *C'est une autre affaire*,[19] retorquiu — De jeito nenhum, disse eu, para um homem de espírito nobre. — Mas diga-me por favor, bom senhor, continuei, quanto tempo um estrangeiro espera para ter *accès*?[20] Não menos que duas horas, disse ele, olhando o relógio. A quantidade de equipagem no pátio parecia justificar o cálculo de que eu não podia ter chance de esperar menos — e, como caminhar de um lado para o outro do salão, sem uma alma para conversar, era tão ruim quanto estar na própria Bastilha, voltei de pronto para a minha carruagem e disse ao cocheiro que me levasse ao *Cordon Bleu*, o hotel mais próximo.

Acho que há uma fatalidade nisso — raramente vou ao lugar a que me propus.

---

[19] "É uma outra história."
[20] "Acesso."

LE PÂTISSIER — VERSALHES

Antes que chegasse à metade da rua, mudei de opinião: já que estou em Versalhes, pensei, vou dar uma olhada na cidade; então puxei a corda e ordenei ao cocheiro que passasse pelas ruas principais da cidade — suponho que a cidade não seja muito grande, disse eu. — O cocheiro pediu perdão por me corrigir e disse que era excelente e que muitos dos primeiros duques e marqueses e condes tinham mansões ali — O conde de B****, de quem o vendedor no Quai de Conti tinha falado tão bem na noite anterior, veio à minha mente de imediato. — E por que não vou, pensei, ao conde de B****, que tanto preza livros ingleses e os próprios ingleses — e lhe conto a minha história? Então mudei de opinião uma segunda vez — Na verdade, era a terceira, pois tinha separado aquele dia para Madame de R****, na Rue des Saints-Pères e tinha mandado notícia pela sua *fille de chambre* que eu seguramente a visitaria — mas sou governado pelas circunstâncias — não posso governá-las: então, ao ver um homem parado, com uma cesta, do outro lado da rua, como se tivesse algo para vender, pedi a La Fleur que fosse até ele e perguntasse onde ficava a mansão do conde.

La Fleur voltou um tanto pálido e disse que era um *Chevalier de St. Louis*[21] vendendo *pâtes*.[22] — É impossível, La Fleur! disse eu. — La Fleur tampouco conseguia encontrar razões para o fenômeno; mas insistia na sua história: ele tinha visto a cruz de ouro, com a fita vermelha, ele disse, amarrada à lapela — e tinha olhado para a cesta e viu os *pâtes* que o Chevalier estava vendendo; logo não poderia estar errado.

Um revés desses na vida de um homem desperta um instinto superior à curiosidade: não pude deixar de olhar

---

[21] Ordem de São Luís criada por Luís XIV, em 1693, para a condecoração de militares.

[22] "Doces."

para ele por algum tempo, enquanto estava sentado na carruagem — quanto mais olhava para ele — sua cruz e sua cesta, mais elas se emaranhavam no meu cérebro — saí da carruagem e segui na sua direção.

Ele usava um limpo avental de linho, que chegava abaixo dos joelhos, com um peitilho que avançava até a metade do tórax; no topo deste, mas um pouco abaixo da borda, estava a cruz. Sua cesta com pequenos *pâtes* estava coberta por um guardanapo adamascado, branco, outro, do mesmo tipo, cobria o fundo; e havia de tal forma um ar de *propreté*[23] e esmero em tudo; que aquele que comprava seus *pâtes* o fazia tanto por apetite quanto por sentimento.

Ele não os oferecia; ficava parado com eles na esquina de uma mansão, para que aqueles que comprassem fizessem a sua escolha sem apelo.

Ele tinha cerca de quarenta e oito anos — com um ar sereno, algo próximo de grave. Não me mostrei surpreso. — Segui para a cesta e não para ele e, ao levantar o guardanapo e pegar um dos seus *pâtes* — pedi que me explicasse o fenômeno que me surpreendera.

Ele contou em poucas palavras que a melhor parte da sua vida tinha sido no serviço militar, onde, depois de gastar um pequeno patrimônio, conseguiu uma companhia e, com ela, a cruz; mas com a assinatura do tratado de paz de Aix-la-Chapelle,[24] a reforma do seu regimento e toda a unidade, além de algumas outras de outros regimentos, deixada sem provisões — ele se viu num vasto mundo, sem amigos, sem uma libra — e, de fato, disse ele, sem nada além disso — (apontando, enquanto dizia, para a sua cruz) — O pobre *chevalier* ganhou minha compaixão e acabou a cena ganhando também o meu apreço.

O rei, ele disse, era o mais generoso dos príncipes, mas

---

[23] "Limpeza."
[24] Marca o fim da guerra da sucessão austríaca e foi assinado em outubro de 1748.

VIAGEM SENTIMENTAL

sua generosidade não podia ajudar nem gratificar todos e foi apenas uma infelicidade sua estar entre o grupo. Ele tinha uma esposa, ele disse, que ele amava, que fazia *pâtisserie*,[25] e acrescentou, não via desonra em defender a esposa e ele mesmo da penúria daquela maneira — a não ser que a Providência o tivesse oferecido uma melhor.

Seria perverso recusar um prazer aos justos, omitindo o que aconteceu com este pobre *Chevalier de St. Louis* cerca de nove meses depois.

Parece que ele sempre ficava perto dos portões de ferro que levavam ao palácio e como a sua cruz chamou a atenção de muitos, muitos fizeram a mesma pergunta que eu tinha feito — Ele lhes contou a mesma história e sempre com tanta modéstia e bom senso, que chegou aos ouvidos do rei — que, ao saber que o *Chevalier* fora um bravo comandante e respeitado por todo o regimento como um homem de honra e integridade — ele pôs fim ao seu comércio com uma pensão de mil e quinhentas libras por ano.

Como contei isto para satisfazer o leitor, peço que me permita relatar outra, fora de seqüência, para me satisfazer — seria um pecado apartá-las.

A ESPADA — RENNES

Quando estados e impérios entram em declínio, sentem, por seu turno, o que é a pobreza e a aflição — não me prenderei às causas que gradualmente levaram a casa d'E****, na Bretanha, à ruína. O marquês d'E**** lutara contra as circunstâncias com grande constância; desejando preservar e ainda mostrar ao mundo alguns pequenos fragmentos do que foram os seus ancestrais — as imprudências destes lhe tinham impossibilitado a tarefa.

---

[25] "Doceria."

Restara o suficiente para as pequenas urgências da *obscuridade* – Mas ele tinha dois garotos que buscavam nele a *claridade* – ele achava que eles mereciam. Tentara a espada – não pôde abrir o caminho – o *equipamento* era caro demais – e mera economia não combinava com aquilo – não havia outro recurso, a não ser o negócio.

Em qualquer outra província da França, menos na Bretanha, isto seria danificar irremediavelmente a raiz da arvorezinha, que seu orgulho e afeição queriam ver reflorescer – Mas, na Bretanha, havendo disposição para isso, ele se valeu dela, e, aproveitando uma oportunidade em que os Estados estavam reunidos em Rennes, o marquês, acompanhado dos seus dois filhos, entrou na reunião e, alegando uma antiga lei do ducado, que, embora raramente reclamada, ele disse, ainda estava em vigor; tomou a espada do seu lado – Aqui – disse ele – tomem e sejam guardiões fiéis dela, até que tempos melhores me ponham em condições de reclamá-la.

O presidente aceitou a espada do marquês – ele aguardou alguns minutos para vê-la depositada nos arquivos da sua família – e partiu.

O marquês e toda a sua família embarcaram no dia seguinte para a Martinica e, em cerca de dezenove ou vinte anos de administração próspera de negócios, com algumas heranças inesperadas de parentes distantes da família –, voltou para reclamar a nobreza e sustentá-la.

Foi um feliz acaso, que jamais acontecerá a nenhum viajante, além de um sentimental, que eu estivesse em Rennes neste momento de reivindicação solene: a chamo de solene – assim me pareceu.

O marquês entrou na sala acompanhado de toda a sua família: ele amparava a sua mulher – seu filho mais velho amparava a irmã e o mais novo estava na outra ponta, ao lado da mãe. – Ele levou seu lenço ao rosto duas vezes –

– Houve um silêncio absoluto. Quando o marquês se

108 aproximou seis passos do tribunal, entregou a marquesa ao filho mais jovem e, avançando sozinho mais três passos – reclamou sua espada. Sua espada foi entregue a ele e, no momento em que a teve nas mãos, ele quase a desembainhou totalmente – era o semblante reluzente de um amigo que ele um dia abandonou – olhou atentamente toda ela, começando pelo cabo, como que para ver se era a mesma – ao observar um pequeno foco de ferrugem na ponta, ele a trouxe perto dos olhos e, inclinando a cabeça sobre ela – acho que vi uma lágrima cair no lugar: não podia estar enganado tendo em vista o que se seguiu.

"Vou encontrar, disse ele, alguma *outra maneira* de tirá-la."

Quando o marquês disse isso, pôs a espada de volta na bainha, fez uma mesura aos seus guardiões – e, com sua mulher, filha e dois filhos o acompanhando, saiu.

Oh, como invejei-lhe os sentimentos!

O PASSAPORTE — VERSALHES

Não tive dificuldade para conseguir uma audiência com o Monsieur conde de B****. A coleção do Shakespeare estava sobre a mesa e ele estava debruçado sobre os livros. Aproximei-me da mesa e, olhando primeiramente para os livros como que para fazê-lo entender que eu sabia o que eram – disse-lhe que tinha vindo sem ninguém para me apresentar, pois sabia que encontraria um amigo na sua sala, que, eu tinha confiança, me faria isso – meu conterrâneo, o grande Shakespeare, disse eu, apontando para os seus livros – *et ayez la bonté, mon cher ami*, disse dirigindo apóstrofe ao seu espírito, acrescentei, *de me faire cet honneur là*.[26]

O conde riu da excentricidade da apresentação e,

---

[26] "E tenha a bondade, meu caro amigo, de me fazer essa honra."

STERNE

vendo que eu estava pálido e que parecia um tanto enfermiço, insistiu que eu me sentasse numa poltrona: então me sentei; e, para poupá-lo das conjunturas de visita tão avessa às normas, contei-lhe simplesmente o ocorrido na livraria e como aquilo tinha me incentivado a procurá-lo, e não a qualquer outro homem na França, em virtude de uma pequena dificuldade que eu estava tendo — E qual é a sua dificuldade? Diga-me, disse o conde. Então contei-lhe a mesma história que tinha contado ao leitor —

— E o proprietário do hotel, disse eu, quando concluía, acha necessário que eu o tenha, Monsieur conde, e teme que eu seja mandado para a Bastilha — mas eu não tenho receios, continuei — pois, caindo nas mãos do povo mais refinado do mundo e estando consciente de que sou íntegro e de que não vim para espionar a nudez da terra[27], nunca pensei que pudesse ficar à mercê deles. — Não combina com a bravura dos franceses, Monsieur conde, disse eu, expô-la contra inválidos.

O conde de B**** corou intensamente enquanto eu falava isso — *Ne craignez rien* — Não tema, disse ele — De fato, não temo, retruquei — além disso, continuei, meio que brincando — percorri todo o caminho de Londres a Paris rindo e não acho que o Monsieur le duc de Choiseul seja tão inimigo da alegria a ponto de me mandar de volta, chorando pelo esforço.

— Meu pedido, Monsieur le Comte de B**** (fazendo-lhe uma longa mesura), é que ele não o faça.

O conde escutou com muita boa vontade, ou eu não teria dito a metade — e disse uma ou duas vezes — *C'est*

---

[27] Referência a Gn 42, 9, da King James Bible: "[…] Ye are spies; to see the nakedness of the land ye are come." Em português, a referência à nudez inexiste: "Vós sois espiões! É para reconhecer os pontos fracos da terra que viestes."

VIAGEM SENTIMENTAL

bien dit.[28] Então interrompi minha defesa naquele ponto — e decidi não tocar mais no assunto.

O conde conduziu a conversa: falamos sobre diversos assuntos; — sobre livros e política e homens — e depois sobre mulheres — Deus abençoe todas elas! disse eu, depois de muita conversa sobre elas — não há um só homem na face da terra que as ame tanto quanto eu: apesar de todas as fraquezas que vi e todas as sátiras que li contra elas, ainda as amo; estou convencido de que um homem que não sente um tipo de simpatia pelo sexo oposto como um todo é incapaz de amar uma única como deveria.

Eh bien! Monsieur l'anglais,[29] disse o conde alegremente — Você não veio espionar a nudez da terra — Acredito em você — *ni encore*,[30] ouso dizer, a das nossas mulheres — Mas permita-me conjecturar — que se, *par hasard*, elas atravessarem seu caminho — a perspectiva não o perturbaria.

Há algo em mim que não suporta o choque da menor insinuação indecente: na liberdade de uma conversa, tenho me esforçado com freqüência para dominar isso e, com infinita dificuldade, arrisquei mil coisas diante de uma dúzia de mulheres — a menor delas, eu não arriscaria diante de uma apenas, nem que fosse para ganhar o céu.

Desculpe-me, Monsieur conde, disse eu — quanto à nudez da sua terra, se a visse — a teria olhado com lágrimas nos olhos — e quanto à das suas mulheres (corando com a idéia que ele tinha despertado em mim) sou tão zeloso quanto a isso e tão solidário com o que quer que haja de *fraco* nelas, que a cobriria com um pano, se soubesse como vesti-la rapidamente — Mas poderia desejar, continuei, espionar *a nudez* dos seus corações e, por meio dos diferentes disfarces de costumes, climas e religião, descobrir o que

---

[28] "Entendi."

[29] "Muito bem, senhor inglês."

[30] "Nem além disso."

há de bom neles, moldar o meu próprio de acordo – e, por isso, vim.

É por esta razão, Monsieur le Comte, continuei, que não visitei o Palácio Real – nem o de Luxemburgo – nem a fachada do Louvre – nem tentei avolumar os catálogos que temos de pinturas, estátuas e igrejas – vejo toda bela criatura como um templo e prefiro entrar e ver os desenhos originais e os esboços livres pendurados ali à própria Transfiguração de Rafael.

Esta sede, continuei, tão impaciente quanto aquela que inflama o peito do *connaiseur*, levou-me do meu próprio lar à França – e da França me levará à Itália – é uma viagem serena do coração em busca da NATUREZA e daqueles sentimentos que surgem dela e que fazem com que amemos uns aos outros – e ao mundo, melhor do que o fazemos.

O conde disse muitas gentilezas a mim em razão do ocorrido e acrescentou muito educadamente como estava agradecido a Shakespeare por me fazer conhecê-lo – mas, *à propos*, disse ele – Shakespeare é cheio de coisas formidáveis – Ele esqueceu a pequena formalidade de dizer seu nome – o que o coloca na posição de dizê-lo você mesmo.

O PASSAPORTE – VERSALHES

Não há para mim questão mais desconcertante na vida que começar a dizer a alguém quem sou eu – pois faria um relato melhor de qualquer pessoa que de mim mesmo e, com freqüência, desejei fazê-lo com uma só palavra – e encerrar o assunto. Foi o único momento e situação na vida que consegui fazer isso – pois estando Shakespeare na mesa e lembrando que estou nos seus livros, tomei Hamlet e, seguindo de pronto para a cena dos coveiros, no quinto ato, apontei para YORICK e, levando o livro na direção do conde, com o dedo sobre o nome – Eu, *Voici!* disse.

VIAGEM SENTIMENTAL

Não faz diferença, neste relato, se a idéia do crânio do pobre Yorick fugiu da cabeça do conde pela realidade do meu, ou por que mágica ele conseguiu pular um período de setecentos ou oitocentos anos — é certo que os franceses imaginam melhor que associam — não me surpreendo com nada neste mundo, e menos ainda com isso; visto que um dos nossos principais religiosos, por cuja integridade e sentimentos paternais tenho toda a admiração, incorreu no mesmo erro sobre exatamente a mesma questão. — "Ele não podia tolerar, disse, examinar sermões escritos pelo bufão do rei da Dinamarca."[31] — Pois bem, meu senhor! disse eu — mas há dois Yoricks. O Yorick em quem Vossa Excelência está pensando está morto e enterrado há oitocentos anos; ele viveu na corte de Horwedillus — o outro Yorick sou eu, e não nasci, meu senhor, em nenhuma corte[32] — Ele balançou a cabeça — Meu Deus! disse eu, o senhor deve confundir também Alexandre, o grande, com Alexandre, o fundidor[33] — "É tudo a mesma coisa, respondeu —

— Se Alexandre, rei da Macedônia, pudesse entendê-lo disse eu, — estou certo de que Vossa Excelência não teria dito isso.

O pobre conde de B**** incorreu no mesmo *erro* —

— *Et, Monsieur, est-il Yorick?*[34] perguntou o conde. — *Je le suis*[35], disse eu. — *Vous? — Moi — moi qui ai l'honneur de vous parler, Monsieur le Comte — Mon Dieu!* disse ele, me abraçando — *Vous êtes Yorick.*[36]

---

[31] Alusão à crítica de William Warburton, bispo de Gloucester, quando Sterne publicou os *Sermons* sob o pseudônimo de Yorick.
[32] A linhagem de Yorick está descrita em *Tristram Shandy*, volume 1, capítulo 11.
[33] Referência a 2Tm 4, 14.
[34] "E, senhor, vós sois Yorick?"
[35] "Sou."
[36] "Vós?" "Eu, eu que tenho a honra de vos falar, senhor conde." "Meu Deus! Vós sois Yorick."

O conde pôs o Shakespeare de imediato no bolso – e me deixou sozinho na sua sala.

O PASSAPORTE — VERSALHES

Não podia imaginar o porquê de o conde de B**** ter saído tão subitamente da sala, tampouco a razão de ele ter colocado o Shakespeare no bolso – *Mistérios que precisam se explicar a si mesmos não valem o tempo perdido que um prognóstico a respeito pede*: é melhor ler Shakespeare; então tomando *"Much Ado about Nothing"*, transportei-me de pronto da cadeira onde estava sentado para Messina, na Sicília, e me envolvi tanto com Dom Pedro, Benedito e Beatriz que não pensei mais em Versalhes, no conde, nem no passaporte.

Doce versatilidade do espírito do homem, que pode, ao mesmo tempo, se entregar a ilusões, que enganam a expectativa e a aflição dos seus momentos maçantes! – há muito – muito tempo teriam os meus dias acabado, se eu não tivesse passado grande parte deles nessa terra encantada: quando meu caminho é duro demais para os meus pés e íngreme demais para as minhas forças, escapo dele para uma vereda plana, macia, em que a fantasia espalhou botões de rosa de prazer e, depois de dar algumas voltas nele, volto fortalecido e renovado – Quando a maldade me acomete com a aflição e não há como se abrigar dela neste mundo, então pego uma nova via – deixo-o – e como tenho uma idéia mais clara dos campos elísios que do paraíso, forço, como Enéias, a minha entrada – vejo-o encontrar a sombra pensativa da sua desconsolada Dido – e desejar reconhecê-la – vejo o espírito ferido balançar sua cabeça e se distanciar do autor das suas misérias e desonras[37] – deixo de pensar em mim para pensar nela – e na-

---

[37] Ver Virgílio, *Eneida*, livro VI, 465–484.

queles sentimentos que me faziam sofrer por ela quando estava na escola.

Isto não é passar como uma sombra — *nem o homem se inquieta*[38] em vão — ele repetidas vezes o faz quando confia somente à razão a discussão do seu desassossego. — Posso seguramente dizer por mim que nunca consegui dominar uma sensação ruim no coração de maneira tão eficaz, quanto acelerando o seu passo com alguma sensação benéfica e agradável, para combatê-la no seu próprio campo.

Quando cheguei ao fim do terceiro ato, o conde de B**** entrou com o meu passaporte na mão. Monsieur le duc de C****, disse o conde, é tão bom profeta, ouso dizer, quanto estadista — *Un homme qui rit*, disse o duque, *ne sera jamais dangereux*.[39] — Se fosse qualquer um e não o bufão do rei, acrescentou o conde, não teria conseguido isso em duas horas. — *Pardonnez-moi, Monsieur le Comte*, disse eu — Não sou o bufão do rei. — Mas você é Yorick? — Sim. — *Et vous plaisantez?* — Respondi que, de fato, gracejei, sim — mas que não foi profissionalmente — foi totalmente à minha custa.

Não temos bufão na corte, Monsieur le Comte, disse eu, o último que tivemos foi no reinado licencioso de Carlos II — desde então nossos modos foram se refinando de tal maneira que nossa corte agora está repleta de patriotas, que *nada* almejam além das honras e riquezas do seu país — e nossas damas são todas tão puras, tão imaculadas, tão boas, tão devotadas — que não há espaço para um bufão —

Voilà un persiflage![40] — exclamou o conde.

---

[38] Referência a Sl 39, 6. (Bíblia Sagrada de João Ferreira de Almeida.)
[39] "Um homem que ri jamais será perigoso."
[40] "Eis uma ironia!"

O PASSAPORTE — VERSALHES

Como o passaporte direcionava-se a todos os representantes de governo, governadores e administradores de cidade, generais, juízes e oficiais de justiça para que deixassem sr. Yorick, o bufão do rei, e sua bagagem, seguir viagem tranqüilamente — reconheço que o triunfo de conseguir o passaporte não foi embaçado pelo papel que fiz — Mas não há nada puro neste mundo; e alguns dos nossos sacerdotes mais solenes chegaram ao ponto de afirmar que o próprio prazer era experimentado até com um suspiro — e que o maior que *eles conheciam* terminava, *de uma maneira geral*, em algo um pouco melhor que uma convulsão.

Lembro que o solene e erudito Bevoriskius,[41] no seu comentário a respeito da descendência de Adão, muito naturalmente interrompe uma nota no meio para dar ao mundo um relato de dois pardais, do lado de fora da janela, que o incomodaram todo o tempo que ele escrevia e que, por fim, o tinham desviado totalmente da sua genealogia.

— É estranho! escreveu Bevoriskius; mas os fatos são incontestáveis, pois tive a curiosidade de anotá-los um a um com a minha pena — mas o pardal macho, durante o pouco tempo em que eu podia ter acabado esta nota, me interrompeu com a reiteração dos seus carinhos vinte e três vezes e meia.

Como Deus, acrescentou Bevoriskius, é misericordioso com suas criaturas!

Infeliz Yorick! que o mais solene dos teus irmãos tenha sido capaz de escrever para o mundo isso que enrubesce teu rosto só de copiá-lo.

Mas isto não significa nada para as minhas viagens — Então peço duas — duas vezes desculpas por isso.

---

[41] Nome latinizado de Johan van Beverwijck, médico e escritor holandês.

CARÁTER — VERSALHES

E o que você acha dos franceses? perguntou o conde de B****, depois que me deu o passaporte.

O leitor pode supor que depois de uma prova de cortesia tão lisonjeira eu não podia perder a oportunidade de responder a pergunta com algo generoso.

— *Mais passe, pour cela* — Seja franco, disse ele; você acha que temos toda a urbanidade que o mundo nos confere? — Tenho tido todas as provas, eu disse, que confirmam isso — *Vraiment*, disse o conde — *Les Français sont polis*[42] — Em excesso, retruquei.

O conde percebeu a palavra *excès* e entendeu que eu tinha algo a mais a dizer. Defendi-me o quanto pude — ele insistiu que eu tinha restrições e que podia dar a minha opinião franca.

Acredito, Monsieur le Comte, disse eu, que o homem tenha um certo compasso, bem como um instrumento e que os apelos sociais e os de outras naturezas têm, a cada certo tempo, a oportunidade para cada tecla; de tal forma que, se começa com uma nota aguda ou grave demais, haverá necessariamente uma falha em algumas das partes para que o sistema fique harmônico. — Como o conde de B**** não entendia de música, pediu para que eu explicasse de outra maneira. Uma nação urbana, meu caro conde, disse eu, se faz de todos seus devedores; e, além disso, a urbanidade em si, assim como o belo sexo, tem tanto charme, que o coração se nega a dizer que ela pode fazer mal; e, ainda assim, acredito, há uma certa linha de perfeição que o homem, tomado em conjunto, é capacitado a alcançar — se ele a ultrapassa, ele permuta qualidades em vez de conquistá-las. Não ouso dizer até que ponto isto afetou os franceses neste assunto de que estamos tratando — mas se fosse o caso de os ingleses, no progresso do

---

[42] "É verdade, os franceses são corteses."

seu refinamento, chegarem à mesma urbanidade que particulariza os franceses, se não perdêssemos a *politesse de coeur*,[43] que inspira os homens mais a ações humanas que às urbanas — perderíamos, pelo menos, aquela variedade distinta e aquela originalidade de caráter, que nos distingue não apenas uns dos outros, mas de todo o mundo.

Eu tinha algumas moedas tão lisas quanto vidro no bolso; e, prevendo que seriam úteis para a ilustração da minha hipótese, as segurei, quando cheguei até o seguinte ponto —

Veja, Monsieur le Comte, disse eu, levantando as moedas e então pousando-as na mesa, na sua frente — que, por setenta anos, elas se sacudiram e se chocaram umas contra as outras, em um ou outro bolso e, assim, ficaram tão parecidas que mal se consegue distinguir uma moeda da outra.

Os ingleses, a exemplo das medalhas antigas mantidas à parte e manejadas por poucos, preservaram a primeira aspereza que a delicada mão da natureza lhes conferiu — não são muito agradáveis de sentir — mas, em compensação, a inscrição é tão visível que, desde o primeiro contato, você consegue ver a imagem e a legenda que possuem. — Mas os franceses, Monsieur le Comte, acrescentei, desejoso de amenizar o que tinha acabado de dizer, têm tantos méritos que podem prescindir disto — eles são o povo mais leal, cortês, generoso, engenhoso, bem-humorado que há — se têm um defeito — é o de serem *sérios* demais.

Mon Dieu! exclamou o conde, levantando-se da cadeira.

Mais vous plaisantez,[44] disse ele, revendo sua exclamação. — Levei a mão ao peito e com toda gravidade lhe assegurei que aquela era a minha mais firme opinião.

---

[43] "Civilidade de coração."
[44] "Mas você está brincando!"

O conde disse que ficava mortificado por não poder ficar e escutar minhas razões, pois, naquele momento, estava comprometido com um jantar com o Duc de C****.

Mas se não for muito longe voltar a Versalhes para tomar uma sopa comigo, peço que, antes que parta da França, eu possa ter o prazer de saber que você mudou de opinião – ou de que maneira a defende. – Mas se insistir nela, Monsieur Anglais, disse ele, você terá de fazê-lo com todas as suas forças, pois terá o mundo inteiro contra você. – Prometi ao conde que eu me daria a honar de jantar com ele antes de partir para a Itália – então saí.

A TENTAÇÃO — PARIS

Quando cheguei ao hotel, o porteiro disse que uma jovem, que levava uma caixa de aviamentos, tinha passado naquele instante perguntando por mim. – Não sei, disse o porteiro, se ela já foi. Peguei a chave do quarto com ele e subi e, quando estava a dez degraus do patamar, a vi descendo tranqüilamente.

Era a bela *fille de chambre* com quem caminhei pelo Quai de Conti: Madame de R**** pedira que ela fosse a uma *marchande de modes*[45] resolver algumas coisas, perto do hotel de Modene; e, como eu não tinha aparecido, pediu que ela perguntasse se eu tinha partido; e, se fosse o caso, se eu não tinha deixado uma carta endereçada a ela.

Como a bela *fille de chambre* estava muito perto da porta, ela voltou e entrou comigo no quarto, por um ou dois minutos, enquanto eu escrevia um cartão.

Era uma tarde tranqüila do fim do mês de maio – as cortinas encarnadas (que eram da mesma cor do cortinado da cama) estavam fechadas – o sol estava se pondo e refletia através delas um matiz tão vivo no belo rosto da *fille de chambre* – que achei que ela estivesse enrubescendo

---

[45] "Modista."

– esta idéia me fez enrubescer – estávamos sós, o que levou a um segundo enrubescimento antes que o primeiro tivesse passado.

Há um tipo de enrubescimento agradável e meio culpado em que o sangue peca mais que o homem – de um ímpeto, é enviado do coração e a virtude voa atrás dele – não para chamá-lo de volta, mas para tornar a sensação mais prazerosa para os nervos – para se associar a ele.

Mas não vou descrevê-lo. – No início, senti algo em mim que não estava em uníssono com a lição de virtude que eu tinha lhe dado na noite anterior – procurei um cartão por cinco minutos – eu sabia que não tinha. – Peguei uma pena – soltei de novo – minha mão tremia – o diabo tinha me possuído.

Sei, como todo mundo, que ele é um adversário que some quando se resiste a ele – mas raramente resisto; por medo de que, apesar de poder vencê-lo, posso me machucar no combate – então desisto do triunfo em favor da segurança; e, em vez de pensar em fazê-lo voar, eu é que acabo voando.

A bela *fille de chambre* aproximou-se da escrivaninha onde eu procurava um cartão – pegou primeiro a pena que eu tinha soltado e então se ofereceu para segurar a tinta para mim: ela fez a oferta de maneira tão doce, que eu ia aceitar – mas não ousei – Não tenho nada, minha cara, disse eu, em que escrever. – Escreva, disse ela, em qualquer coisa. –

Eu estava a ponto de gritar, Então escreverei, bela jovem! na tua boca.

Se o fizer, disse eu, sucumbirei – então tomei sua mão e a levei até a porta e pedi que não esquecesse a lição que lhe tinha dado – Ela disse que não esqueceria mesmo – quando disse isso com certa sinceridade, virou-se e, unindo as mãos, colocou-as dentro das minhas – era impossível não apertá-las naquela situação – quis soltá-las; e todo o tempo que as segurei, travei um combate interno contra aquilo — e, ainda assim, as segurava. — Em dois minutos, achei que tinha toda a batalha de novo pela frente — e senti as pernas e cada membro tremerem com a idéia.

A beirada da cama estava a cerca de um metro e meio de onde estávamos — eu ainda segurava as suas mãos — e como aconteceu, não sei explicar, mas não perguntei — nem puxei — nem pensei na cama — mas então aconteceu, nos sentamos.

Vou só mostrar, disse a bela *fille de chambre*, a bolsinha que estive fazendo hoje para guardar a sua moeda. Então pôs a mão no bolso direito, que ficava perto de mim, e apalpou um pouco — então no esquerdo — "Ela tinha perdido." — Nunca suportei uma expectativa com tanta calma — estava no bolso direito por fim — ela a tirou; era de tafetá verde, debruada com cetim branco acolchoado e grande o suficiente para guardar a moeda — ela pôs a bolsinha na minha mão — era bonita; e a segurei por dez minutos com as costas da mão apoiadas no seu colo — olhando às vezes para a bolsa, às vezes para um lado dela.

Um ou dois pontos na dobra da minha gravata se soltaram — a bela *fille de chambre*, sem dizer uma palavra, pegou seu estojo, enfiou linha numa pequena agulha e costurou — Previ que aquilo colocaria em risco o triunfo do dia; e quando passava em silêncio a mão ao redor do meu pescoço, ao longo da tarefa, senti tremerem os louros que a fantasia tinha colocado na minha cabeça.

Uma tira do seu sapato soltou-se na caminhada e a fivela estava quase caindo — Olha, disse a *fille de chambre*, levantando o pé — Para remediar, não pude fazer nada além de prender a fivela e passar a tira — e levantei o outro pé, quando acabei, para ver se estavam iguais — fiz isso de forma tão repentina —a bela *fille de chambre* perdeu irremediavelmente o equilíbrio — e então —

A CONQUISTA

Sim — e então — Vós, cujas cabeças frias e corações mornos podem reprimir ou dissimular suas paixões — dizei que culpa tem o homem se ele as sente? ou de que outra coisa o seu espírito deve prestar contas ao Pai senão por sua conduta sob o efeito delas?

Se a natureza teceu sua rede de bondade de tal forma que alguns fios de amor e de desejo fiquem entrelaçados no todo — a rede inteira deve ser rasgada ao extirpá-los? — Arranca de mim tais estóicos, grande regente da natureza! disse para mim mesmo — independentemente de onde a tua providência me colocar para o julgamento da minha virtude — independentemente do meu risco — independentemente da minha situação — deixa-me sentir os movimentos que surgem dela e que pertencem a mim como homem — e se os conduzo como se deve — confiarei as questões à tua justiça, pois tu nos fizeste — e a ti pertencemos.[46]

Quando acabei minha reza, levantei a bela *fille de chambre* pela mão e a conduzi até a porta — ela ficou do meu lado até que tranquei a porta e pus a chave no bolso — *e então* — a vitória sendo bem decisiva — e não antes disso, pressionei minha boca no seu rosto e, tomando-a pela mão mais uma vez, a levei ilesa até o portão do hotel.

O MISTÉRIO — PARIS

Aquele que conhece o coração saberá que seria impossível para mim voltar de imediato para o quarto — seria como tocar uma nota inexpressiva, em terça menor, para encerrar uma peça musical que inspirara minhas afeições — dessa forma, quando soltei a mão da *fille de chambre*, continuei no portão do hotel por algum tempo, olhando

---

[46] Adaptado de Sl 100, 3.

para todos que passavam e formando opiniões a seu respeito, até que a minha atenção se fixou num único objeto que desconcertava qualquer tipo de raciocínio sobre ele.

Era uma figura alta com um ar grave, sensato, melancólico, que passava e tornava a passar tranqüilamente pela rua, percorrendo cerca de sessenta passos de cada lado do portão do hotel — o homem tinha cerca de cinqüenta e dois anos — portava uma pequena bengala embaixo do braço — vestia casaco, colete e calça marrom-escuros, que pareciam ter alguns anos de uso — ainda estavam limpos, e havia um certo aspecto geral de ligeira *propreté*. Pelo jeito como tirava o chapéu e pela sua atitude ao abordar muitas pessoas no seu percurso, percebi que pedia esmola; então tirei do bolso uma ou duas moedas para dar a ele quando me pedisse — ele passou por mim sem dizer nada — e, contudo, não tinha dado cinco passos e pediu a uma mulher baixinha — dos dois, era muito mais provável que eu tivesse dado a esmola — Ele mal tinha acabado com aquela, quando tirou o chapéu para outra que vinha na mesma direção. — Um senhor vinha devagar — e, depois dele, um jovem elegante — Ele deixou os dois passarem e nada pediu: fiquei observando-o durante meia hora, tempo em que ele deu uma dúzia de voltas para diante e para trás, e percebi que ele seguia invariavelmente o mesmo esquema.

Havia duas coisas muito singulares naquilo, que, em vão, me intrigavam — a primeira era por que ele contava a sua história *somente* para as mulheres — e a segunda — que tipo de história era a dele e que tipo de eloqüência era aquela, que abrandava os corações das mulheres e que ele sabia que seria inútil com os homens.

Havia dois outros detalhes que enredavam este mistério — um era que ele contava a cada mulher o que ele tinha a dizer no ouvido e de uma maneira que mais parecia um segredo que um pedido — o outro era que ele sempre conseguia — ele nunca parou uma mulher que não abrisse a bolsa e desse algo a ele.

Não conseguia formular um esquema que explicasse o fenômeno.

Eu tinha um enigma para me distrair o resto da noite, então subi para o meu quarto.

O CASO DE CONSCIÊNCIA — PARIS

Fui prontamente seguido pelo dono do hotel, que entrou comigo para dizer que eu tinha que providenciar outro lugar para me hospedar. — Como assim, amigo? disse eu. — Respondeu que eu ficara trancado duas horas com uma jovem, naquela tarde, no quarto, e que aquilo era contra as regras da casa. — Muito bem, disse eu, então nos separaremos como amigos — pois a garota nada fez — e eu nada fiz — e você vai continuar tal como o encontrei. — Foi suficiente, ele disse, para destruir a boa reputação do seu hotel. — *Voyez-vous, Monsieur,*[47] disse ele, apontando para a beirada da cama em que estivemos sentados. — Reconheço que sugeria culpa; mas como o meu orgulho não permitia que eu entrasse em detalhes sobre o caso, o persuadi a deixar a sua alma dormir em paz, bem como resolvi deixar a minha fazer o mesmo naquela noite e que eu pagaria o que lhe devia, no café-da-manhã.

Não me importaria, Monsieur, disse ele, se você trouxesse vinte garotas — São duas dezenas a mais, retruquei, interrompendo-o, se comparo às minhas contas — Contanto que tivesse sido pela manhã. — E a hora do dia, em Paris, faz diferença para o pecado? — Fez diferença, ele disse, para o escândalo. — Eu mesmo gosto de uma boa distinção, e não posso dizer que estava intoleravelmente

---

[47] "Veja, senhor."

irritado com o homem. — Admito que seja necessário, retomou o dono do hotel, que um estrangeiro em Paris aproveite as oportunidades que lhe surgem para comprar rendas e meias de seda e franzidos, *et tout cela*[48] — e não há nada de errado se uma mulher aparece com uma caixa de aviamentos. — Juro! disse eu, ela estava com uma caixa de aviamentos, mas nem vi o que tinha dentro. — Então, Monsieur, disse ele, não comprou nada. — Nem uma coisa sequer, respondi. — Porque, disse ele, eu poderia recomendar uma que o trataria *en conscience.*[49] — Mas tem que ser esta noite, disse eu. — Ele me fez uma longa mesura e desceu.

Agora vou me vingar deste *maître d'hôtel*, exclamei — e então? — Então deixarei claro que sei que ele é um sujeito sórdido. — E então? — E então! — Eu estava perto demais de mim mesmo para dizer que — era pelo bem dos outros. — Eu não tinha nenhuma resposta boa — havia mais capricho que princípio no meu projeto e já estava cheio dele antes da execução.

Em poucos minutos, a Grisset entrou com a sua caixa de aviamentos — Não comprarei nada, disse para mim mesmo.

A Grisset mostrou tudo — eu não gostava de nada: ela parecia não perceber; ela abriu o seu pequeno depósito e dispôs todas as rendas, uma após a outra, na minha frente — desdobrava e tornava a dobrá-las, uma por uma, com a delicadeza mais paciente — eu podia comprar — ou não — ela me deixaria pagar o que eu quisesse por qualquer coisa — a pobre criatura parecia ansiosa por ganhar um centavo, e se esforçou para me convencer, não tanto de uma forma que parecesse ardilosa, mas de uma que achei simples e carinhosa.

---

[48] "E tudo mais."
[49] "De boa-fé."

Se não há uma reserva de honesta credulidade no homem, tanto pior — meu coração cedeu e me desfiz da segunda resolução tão calmamente quanto da primeira — Por que castigar um pela transgressão do outro? Se pagas tributo a este hospedeiro tirano, pensei, olhando-a no rosto, tão mais penoso é teu ganha-pão.

Ainda que eu não tivesse mais de quatro luíses na carteira, não teria como me levantar e conduzi-la à porta, até que gastasse três deles num par de franzidos.

— O dono do hotel dividirá o lucro com ela — não importa — então pago o que muitas pobres almas *pagaram* antes de mim por algo que não *podiam* fazer nem pensar em fazer.

O ENIGMA — PARIS

Quando La Fleur subiu para me servir o jantar, ele disse que o dono do hotel lamentava muito pelo insulto que me fizera ao pedir que eu me mudasse.

Aquele que valoriza uma boa noite de descanso, se puder, não se deitará com animosidade no coração — Então pedi a La Fleur que fosse dizer ao dono do hotel que, de minha parte, lamentava pelo incômodo que lhe tinha causado — e, se quiser, diga a ele, La Fleur, acrescentei, que se a jovem tornar a aparecer, não a receberei.

Aquilo era um sacrifício não para ele, mas para mim, ao resolver, depois de um aperto, não correr mais riscos e deixar Paris, se possível, com toda a virtude com que cheguei.

C'est déroger à noblesse,[50] Monsieur, disse La Fleur, fazendo-me uma mesura até o chão enquanto dizia — *Et encore, Monsieur*, disse ele, pode mudar seus sentimentos — e se (*par hasard*) quiser se divertir — Não vejo diversão nisso, disse eu, interrompendo-o —

---

[50] "É abandonar a nobreza."

VIAGEM SENTIMENTAL

126   *Mon Dieu*! disse La Fleur — e saiu.

Em uma hora, ele voltou para me preparar para dormir e estava mais prestativo que o habitual — tinha algo na ponta da língua para dizer ou perguntar para mim que ele não conseguia exprimir: eu não fazia idéia do que se tratava e, na verdade, não me dei ao trabalho de descobrir, já que tinha outro enigma muito mais interessante na cabeça, que era aquele do homem pedindo esmola diante da porta do hotel — daria qualquer coisa para saber o que era; e isto, não por curiosidade — é, em geral, um princípio de investigação tão vil, que eu não pagaria dois tostões por esta satisfação — mas um segredo, pensei, que de maneira tão rápida e certa comove o coração de toda mulher que se aproxima, era um segredo, no mínimo, semelhante ao da pedra filosofal: se eu tivesse as duas Índias,[51] teria dado uma para dominar tal segredo.

Matutei sobre a questão a noite inteira em vão, e quando acordei de manhã, meu espírito estava tão perturbado com os meus *sonhos*, quanto o rei da Babilônia estivera com os dele, e não hesito em afirmar que teria intrigado todos os sábios de Paris, tanto quanto aqueles da Caldéia, para chegar a uma interpretação.[52]

LE DIMANCHE — PARIS

Era domingo, e quando La Fleur entrou, de manhã, com meu café, pão e manteiga, ele estava vestido de maneira tão vistosa, que mal o reconheci.

Eu tinha prometido em Montreuil que lhe daria um chapéu novo com um botão de prata e um laço e quatro luíses *pour s'adoniser*[53] quando chegássemos a Paris, e o pobre rapaz, para ser justo, fez milagre com a quantia.

---

[51] Ocidental e Oriental.
[52] Referência a Dn 2, 1-11.
[53] "Para se embelezar."

Ele comprou um belo casaco escarlate, brilhante e limpo e um culote igual — Pelo estado em que estavam, ele disse, não valiam um centavo a menos — Desejei-lhe a forca por me dizer — pareciam tão novos, que, embora soubesse ser impossível, ainda assim, teria forçado a minha imaginação a acreditar que os tinha comprado novos e não que eram da *Rue de la Friperie*.

Em Paris, esta é uma sutileza que não melindra o coração.

Além disso, comprou um belo colete azul de cetim caprichosamente bordado — este parecia mais usado, mas estava bem limpo — o ouro tinha sido retocado e, no todo, ficava mais vistoso que qualquer outra coisa — e, como o azul não era chamativo, caía muito bem com o casaco e o culote: ele ainda espremeu o dinheiro para uma rede nova para o cabelo e uma gravata frouxa, e insistiu com o *fripier*[54] por umas ligas douradas para o culote — Comprou franzidos de musselina *bien brodées*[55] com quatro libras do próprio dinheiro e meias brancas de seda por mais cinco — e, para coroar, a natureza lhe concedera um belo talhe, que não lhe custou um tostão.

Ele entrou no quarto assim paramentado, com os cabelos penteados na última moda e com um belo *bouquet* no peito — resumindo, havia um ar de celebração em todo ele, o que, de pronto, me fez lembrar que era domingo — e, associando uma coisa a outra, me ocorreu imediatamente que o favor que ele queria me pedir na noite anterior era para passar o dia como todo mundo em Paris passa. Mal tinha chegado à conclusão, quando La Fleur, com infinita humildade, mas com o olhar confiante, como se eu não fosse negar, pediu que eu lhe desse o dia *pour faire le galant vis-à-vis de sa maîtresse*.[56]

[54] Vendedor de loja de segunda mão.
[55] "Bem bordados."
[56] "Para fazer a corte para sua amada."

128

Era justamente o que eu pretendia fazer *vis-à-vis* Madame de R**** — eu tinha ficado com a carruagem com aquele propósito mesmo e não teria mortificado minha vaidade apresentar-me acompanhado de um empregado tão bem vestido como La Fleur: não teria pior momento para dispensá-lo.

Mas devemos *sentir* e não discutir nestes momentos de constrangimento — os filhos e as filhas do trabalho abrem mão da liberdade, mas não da Natureza nos seus acordos; eles são de carne e osso e têm suas pequenas vaidades e desejos dentro da casa da escravidão,[57] bem como seus capatazes — sem dúvida, sua abnegação tem um preço — e suas expectativas são tão imoderadas, que, com freqüência, as teria frustrado, não fosse o poder que a situação me confere.

Olhe! — Olhe, eu sou teu servo[58] — desarma de imediato o meu poder de amo —

— Podes ir, La Fleur! disse eu.

— E que amada, La Fleur, disse eu, podes ter conseguido, em tão pouco tempo, em Paris? La Fleur levou a mão ao peito e disse que era uma *petite demoiselle*[59] da casa do Monsieur le Comte de B****. — La Fleur tinha a sua alma na coletividade; e, para dizer a verdade a seu respeito, deixa escapar tão poucas oportunidades quanto o seu patrão — de tal maneira que, de um jeito ou de outro, mas como — Deus sabe — ele fizera contato com a *demoiselle* no patamar da escadaria, durante o período em que eu estava ocupado com o passaporte; e, da mesma forma que tive tempo suficiente para ganhar o interesse do conde, La Fleur deu um jeito de usá-lo para ganhar o interesse da criada — a família, ao que parece, estaria em Paris naquele dia e ele tinha marcado um encontro

---

[57] Imagem recorrente na Bíblia: Dt 13, 6; Am 7, 10; 2Sm 4, 6.
[58] Expressão recorrente na Bíblia: 1Re 18, 36; 2Re 16, 7.
[59] "Jovem."

com ela e outros dois ou três empregados da família, nos *boulevards*.

Povo feliz! este que, pelo menos, uma vez por semana, tem a certeza de esquecer todas as suas inquietações e dança e canta e alivia a carga de injustiça, que curva o espírito de outras nações.

O FRAGMENTO — PARIS

La Fleur tinha deixado algo para me distrair durante o dia mais do que eu esperava, ou que pudesse ocorrer a mim ou a ele.

Ele tinha levado a barrinha de manteiga sobre uma folha de groselha, e, como a manhã estava quente e ele tinha uma boa distância para percorrer, ele pediu uma folha de papel usado para colocar entre a folha de groselha e a sua mão — Como aquilo era suficiente, pedi que pusesse na mesa como estava e que fosse falar com o *traiteur*[60] para encomendar meu jantar e que me deixasse tomar meu café sozinho.

Quando acabei a manteiga, joguei a folha de groselha pela janela e ia fazer o mesmo com o papel — mas, ao parar para ler uma linha antes, e aquilo me levando a uma segunda e a uma terceira — achei que era melhor do que eu imaginara; então fechei a janela e, puxando uma cadeira, sentei para ler.

Estava no francês da época de Rabelais e, até onde eu sei, podia ter sido escrito por ele — estava, além do mais, com letras góticas tão desbotadas e apagadas pela umidade e pelo tempo, que me deu um trabalho infinito entender qualquer coisa — deixei-o de lado e escrevi uma carta para Eugenius — então peguei-o de novo e enredei minha paciência nele novamente — e, para curar aquilo,

---

[60] Dono de restaurante.

escrevi uma carta para Eliza. — Ainda assim, me dominava e a dificuldade de entendê-lo só aumentava a vontade.

Jantei e, depois de ter iluminado minha mente com uma garrafa de Borgonha, voltei a ele — e, depois de duas ou três horas debruçado sobre ele, com quase a mesma concentração que Gruter e Jacob Spon[61] tinham quando se debruçavam sobre inscrições absurdas, achei que tinha entendido; mas, para me certificar, a melhor forma, imaginei, seria traduzi-lo para o inglês e observar como ficaria — então segui sem pressa, como o faz o leviano, escrevia de vez em quando uma frase — então dava uma volta ou duas — e então observava o que se passava no mundo, através da janela; de tal forma que eram nove horas da noite e eu não tinha acabado — então pus-me a ler como se segue.

O FRAGMENTO — PARIS

— Ora, a esposa do notário debatia a questão com o notário com demasiada veemência — Gostaria, disse o notário, jogando o pergaminho, que tivesse outro notário aqui para registrar e certificar tudo isso —

— E o que faria então, Monsieur? disse ela, levantando-se rapidamente — a esposa do notário era uma criatura geniosa e o notário achou por bem evitar uma catástrofe com uma resposta branda — Eu iria, respondeu ele, para a cama. — Você pode ir para o diabo, respondeu a esposa.

Acontece que como havia somente uma cama na casa, os outros dois estando desmobiliados, como é de praxe em Paris, e o notário, não desejando deitar-se na mesma cama com uma mulher, que, naquele mesmo instante, o mandara levianamente para o diabo, tomou seu chapéu, ben-

---

[61] Jan Gruter (1560—1627), historiador holandês estudioso de textos clássicos; Jacob Spon (1647—1676), antiquário francês.

gala e capa, já que a noite estava muito ventosa, e saiu contrariado na direção da *Pont Neuf*.

De todas as pontes construídas, todo mundo que passou pela *Pont Neuf* tem que admitir que é a mais esplêndida – a mais bela – a mais grandiosa – a mais leve – a mais comprida – a mais larga que já uniu dois pedaços de terra na face do globo terrestre.

Com isso, parece que o autor do fragmento não era francês.

O mais grave defeito que os religiosos e os doutores da Sorbonne podem alegar contra ela é que se houver uma única lufada de vento, em Paris ou nas suas proximidades, haverá mais *sacré Dieu* blasfemado lá que em qualquer outro lugar aberto da cidade – e com razão, bons e convincentes Messieurs; pois chega a vocês sem gritar *garde d'eau*[62] e com rajadas tão imprevisíveis que, entre os poucos que a cruzam de chapéu, nem mesmo um em cinqüenta arrisca duas libras e meia, o que corresponde ao seu valor.

O pobre notário, quando passava pelo sentinela, ergueu instintivamente a bengala, mas, ao levantá-la, a extremidade agarrou-se ao cordão do chapéu do sentinela e elevou-o acima das pontas da balaustrada e direto no Sena –

– *É um vento cruel*, disse um barqueiro, que o apanhou, *que não sopra nada de bom para ninguém*.

O sentinela, sendo gascão, torceu imediatamente os bigodes e levantou seu arcabuz.

Os arcabuzes, naquela época, disparavam com fósforos e como a lanterna de papel de uma velha, na extremidade da ponte, tinha apagado e ela tinha pedido emprestado os fósforos do sentinela para acendê-la – isto deu um tempo

---

[62] "Água vai!". Grito de aviso antes de se jogar, pela janela, lavadura e restos na rua.

para que o sangue do gascão esfriasse e para que a situação ficasse mais favorável para ele – *É um vento cruel*, disse ele, tomando o castor do notário e legitimando a apreensão com o adágio do barqueiro.

O pobre notário atravessou a ponte, passou da rue de Dauphine para os subúrbios de Saint Germain, assim lamentando-se enquanto caminhava:

Homem malfadado! sou eu, disse o notário, que sirvo de joguete de furacões todos os dias da minha vida – que nasci para sofrer bombardeios de insultos contra mim e a minha profissão aonde quer que eu vá – que fui forçado a me casar por um flagelo da igreja com um desastre de mulher – que fui expulso de casa por ventos domésticos e espoliado do meu castor por ventos pontíficos – para estar aqui, deschapelado, numa noite ventosa, à mercê de acidentes – onde deitarei minha cabeça? – homem infeliz! que vento, nos trinta e dois pontos da bússola, pode soprar em ti algo de bom, como faz no resto de teus irmãos!

Quando o notário passava por uma via escura, assim se lamentando, uma voz chamou uma garota para pedir que ela corresse até o notário mais próximo – ora, o notário estando próximo e se beneficiando com a situação, caminhou em direção à porta e, atravessando um tipo de salão antigo, foi conduzido a um aposento maior, desmobiliado de tudo, menos de uma longa lança militar – um peitoral – uma velha espada enferrujada e uma bandoleira, pendurados na parede, em quatro pontos eqüidistantes.

Um velho personagem, que fora fidalgo e, a menos que a ruína da fortuna corrompa também o sangue, ainda o era, estava deitado na cama com a mão apoiando a cabeça na cama; uma mesinha com uma vela acesa estava posicionada ao lado da cama e próximo a ela, uma cadeira – o notário sentou-se, pegou seu tinteiro de chifre, uma ou duas folhas de papel, que ele tinha no bolso, pousou-os na sua frente e, mergulhando a pena na tinta e inclinando-se sobre a mesa, arranjou tudo para registrar o último desejo e o testamento do cavalheiro.

Ai de mim! Monsieur le Notaire, disse o cavalheiro, levantando-se um pouco, não tenho nada para legar que pague este serviço, a não ser a minha própria história, eu não poderia morrer em paz a menos que a deixasse como herança ao mundo; o lucro que ela render, lego ao senhor pelo esforço de tomá-la — é uma história tão extraordinária que deve ser lida por toda a humanidade — fará a fortuna da sua família — o notário mergulhou a pena no seu tinteiro — Guia todo-poderoso de cada acontecimento da minha vida! disse o cavalheiro, com um olhar sincero para cima e levantando as mãos para os céus — tu, cuja mão me guiou por tal labirinto de vias estranhas até esta cena de desolação, auxilia a memória fraca de um velho doente e desconsolado — guia a minha língua pelo espírito de tua eterna verdade para que este estranho não registre nada além do que está escrito naquele Livro[63] cujo conteúdo, disse ele, apertando as mãos, me levará à condenação ou à absolvição! — o notário segurou a ponta da pena entre a vela e o olho —

— É uma história, Monsieur le Notaire, disse o cavalheiro, que despertará cada emoção da natureza e destruirá as humanas e tocará o coração da própria crueldade com a piedade —

— O notário estava desejoso de começar e mergulhou a pena uma terceira vez no tinteiro — o velho cavalheiro, virando-se um pouco mais na sua direção, começou a ditar sua história com estas palavras —

— E onde está o resto disto, La Fleur? disse eu tão logo ele entrou no quarto.

---

[63] Referência provável ao livro da vida citado no Apocalipse, por exemplo, 13, 8; 20, 12; 21, 27.

O FRAGMENTO E O BOUQUET — PARIS

Quando La Fleur se aproximou da mesa e entendeu o que eu queria, disse que havia somente outras duas folhas que ele tinha usado para embrulhar as hastes de um *bouquet*, para mantê-lo unido, e que dera de presente à *demoiseille* nos *boulevards* — Então, por piedade, La Fleur, disse eu, volte a ela na mansão do conde de B**** e *veja se consegue pegar* — Não há dúvida disso, disse La Fleur — e voou.

Em pouco tempo, o pobre rapaz estava de volta ofegante, com sinais mais profundos de descontentamento na expressão que a mera irreparabilidade do fragmento poderia provocar — *Juste ciel!*[64] Em menos de dois minutos que o pobre rapaz dera o seu último adeus — sua infiel amada dera o seu *gage d'amour*[65] a um dos criados do conde — este o dera a uma jovem costureira — e ela a um violinista, com o meu fragmento enrolado a ele — Nossas desventuras estavam ligadas — suspirei — e La Fleur o ecoou nos meus ouvidos —

— Que pérfida! exclamou La Fleur — Que azarado! disse eu. —

— Eu não ficaria mortificado, Monsieur, disse La Fleur, se ela o tivesse perdido — Nem eu, La Fleur, disse eu, se eu o tivesse achado.

Se consegui, será visto futuramente.

O ATO DE CARIDADE — PARIS

O homem que desdenha ou teme aproximar-se de uma entrada escura pode ser uma excelente criatura e pode servir para mil coisas, mas jamais será um bom viajante sentimental. Conto pouco das muitas coisas que vejo passar a

---

[64] "Santo Deus!"
[65] "Prova de amor."

céu aberto, em vias largas e públicas. — A natureza é cautelosa e detesta agir diante de espectadores; mas, numa esquina despercebida, às vezes se vê que, uma única cena breve dela, vale todos os sentimentos de uma dúzia de peças francesas juntas — e, ainda assim, são *absolutamente* belas — e sempre que tenho um caso mais genial que o comum nas mãos, como serve a um pregador tanto quanto a um herói, geralmente preparo o sermão a partir dele — e, quanto ao texto — "Capadócia, Ponto, Ásia, Frígia e Panfília"[66] — é tão bom quanto qualquer um da Bíblia.

Há uma longa passagem escura que liga a ópera-cômica a uma rua estreita; ela é trilhada por poucos que modestamente esperam um *fiacre* ou querem seguir tranqüilamente a pé quando a ópera acaba. No seu começo, perto do teatro, é iluminada por uma pequena vela, cuja luminosidade é quase nula antes que se chegue à metade da rua, perto da porta — é mais decorativa que útil: você a vê como uma estrela fixa da menor magnitude; brilha — mas é de pouco proveito para o mundo, até onde sabemos.

Voltando por esta passagem, vi, ao me aproximar cinco ou seis passos da porta, duas senhoras de braços dados, encostadas na parede, esperando, imaginei, um *fiacre* — como estavam perto da porta, achei que elas tinham um direito prévio, então afastei-me cerca de um metro delas e tomei calmamente meu posto — eu estava de preto e mal podia ser visto.

A senhora perto de mim tinha um talhe esguio e cerca de trinta e seis anos, a outra tinha o mesmo porte e cerca de quarenta anos; não havia sinais de casamento ou viuvez em nenhuma delas — pareciam ser irmãs vestais e corretas não fragilizadas por carinho, invioladas por saudações

---

[66] At 2, 9–10.

gentis: desejaria poder fazê-las felizes — a felicidade delas estava destinada, naquela noite, a vir de outra parte.

Uma voz baixa, com talento para a expressão e cadência doce, implorou uma esmola de doze soldos às duas, pelo amor de Deus. Achei estranho que um mendigo fixasse o valor da esmola — e que a soma fosse doze vezes o que se dava normalmente no escuro. Elas pareciam tão surpresas com aquilo quanto eu. — Doze soldos! disse uma — uma esmola de doze soldos! disse a outra — e não respondeu.

O pobre homem disse que não saberia pedir menos de senhoras daquela classe e fez uma mesura que encostou a cabeça no chão.

Ora! disseram — não temos dinheiro.

O mendigo ficou em silêncio por um ou dois minutos e renovou sua súplica.

Não tampem, caras e jovens senhoras, seus ouvidos para mim — Dou a minha palavra, bom homem! disse a mais jovem, não temos trocado — Então que Deus as abençoe, disse o pobre homem, e multiplique as alegrias que podem dar aos outros sem troco! — Observei a mais velha pôr a mão no bolso — Verei, disse ela, se tenho um soldo. — Um soldo! dê doze, disse o pedinte; a Natureza foi generosa com você, seja generosa com um pobre homem.

Eu seria, amigo, de todo o coração, disse a mais jovem, se eu tivesse.

Bela caridosa! disse ele, dirigindo-se à mais velha — O que, senão sua benevolência e compaixão, deixa seus olhos brilhantes tão doces que excedem em brilho a manhã, mesmo nesta passagem escura? e o que foi que fez com que o marquês de Santerre e seu irmão falassem tanto de vocês quando passaram por aqui, agora mesmo?

As duas senhoras pareciam muito impressionadas e,

impulsivamente ao mesmo tempo, ambas puseram a mão no bolso e cada uma tirou doze soldos.

A discussão entre elas e o pedinte cessou ali — continuou entre elas, qual das duas deveria doar os doze soldos — para pôr um fim à disputa, ambas deram e o homem partiu.

O ENIGMA ESCLARECIDO — PARIS

Segui-o rapidamente: era o mesmo homem cujo sucesso em pedir esmola a mulheres diante da porta do hotel me tinha intrigado — e descobri imediatamente o seu segredo, ou, pelo menos, a base dele — era a lisonja.

"Adorável essência! como és revigorante para a natureza! como estão fortemente ligadas a ti todas as suas forças e todas as suas fraquezas! como fazes de maneira doce a tua combinação com sangue e o ajudas a percorrer as passagens mais difíceis e tortuosas até o coração."

O pobre homem, como não estava premido pelo tempo, aplicara aqui uma dose mais demorada: é certo que ele tinha um jeito mais compacto de apresentação nos muitos casos rápidos com os quais ele tinha de lidar na rua; mas como ele fazia para corrigir, suavizar, concentrar e qualificar — não perturbo o meu espírito com a pergunta — é suficiente, o pedinte ganhou duas esmolas de doze soldos — e pode contar melhor o resto, quem conseguiu ganhos muito maiores mediante o mesmo expediente.

PARIS

Avançamos no mundo não tanto prestando serviços, mas recebendo-os: você pega um galho seco, planta e então o rega porque o plantou.

Monsieur le Comte de B****, meramente porque me

tinha feito uma gentileza com a questão do meu passaporte, continuaria e faria outra, nos poucos dias em que esteve em Paris, me apresentando a algumas pessoas distintas; estas, a outras e assim por diante.

Eu fiquei perito no meu *segredo* a tempo de tirar algum proveito destas reverências; de outro modo, como normalmente acontece, eu teria jantado ou ceado uma única vez ou duas, e então, *traduzindo* atitudes e expressões francesas para o inglês, eu teria logo visto que eu tinha pego o *couvert* de algum conviva mais interessante; e, em seguida, teria renunciado a todos os meus lugares, um após o outro, simplesmente por achar que não podia conservá-los. — Assim, as coisas não iam nada mal.

Tive a honra de ser apresentado ao velho marquês de B****: em tempos passados ele era famoso por pequenas proezas de cavalaria na *Cour d'amour*[67] e se preparara para a idéia de lutas e torneios desde então — o marquês de B**** gostava que imaginassem que a situação se dava em qualquer outro lugar menos na sua cabeça. "Poderia gostar de viajar para a Inglaterra", e perguntou bastante das damas inglesas. Fique onde está, eu imploro, Monsieur le Marquis, disse eu — Les Messieurs Anglais mal conseguem um olhar favorável da parte delas como está. — O marquês convidou-me para jantar.

Monsieur P****, o coletor,[68] ficou igualmente curioso em relação aos nossos impostos. — Eram bastante consideráveis, ele ouvira — Se, pelo menos, soubéssemos como coletá-los, disse eu, fazendo uma longa mesura.

Nunca teria sido convidado aos concertos do Monsieur P**** em outras condições.

---

[67] "Corte do amor."
[68] No original, *farmer-general*, pessoa autorizada a coletar certos impostos na França até 1789 e que, pagando uma determinada quantia pelo direito, mantinha a arrecadação para si.

Iludiram Madame de Q*** que eu seria um *esprit*[69] — Madame de Q*** é que era um *esprit*; ela estava ansiosa por me ver e me escutar. Percebi antes de me sentar que ela não dava a mínima se eu era perspicaz — deixaram-me entrar para que eu a convencesse que ela era. — Tenho Deus por testemunha de que não abri a boca sequer uma vez.

Madame de Q*** jurou a toda criatura que encontrou que "Nunca tinha tido uma conversa mais proveitosa com um homem na vida".

Há três fases no império de uma francesa — Ela é coquete — depois deísta — depois *dévote*:[70] o domínio ao longo destas fases não se perde jamais — ela apenas muda os seus súditos: quando trinta e cinco anos ou mais despovoam os seus domínios de escravos do amor, ela os repovoa com os escravos da incredulidade — e então com os escravos da Igreja.

Madame de V*** oscilava entre as duas primeiras fases: a cor da rosa estava esmaecendo rapidamente — ela deveria ser deísta cinco antes de eu ter tido a honra de visitá-la pela primeira vez.

Ela sentou-me no mesmo sofá em que estava para discutir religião mais de perto. — Resumindo, Madame de V*** disse que não acreditava em nada.

Eu disse a Madame de V*** que podia ser uma convicção sua, mas que eu tinha certeza de que não podia ser do seu interesse demolir as fortificações, sem as quais não conseguia imaginar como uma cidadela como a sua podia ficar protegida — que não havia nada mais perigoso no mundo que uma beldade deísta — que uma dívida que eu tinha com a minha crença era a de não ocultá-la diante dela — que eu não tinha ficado cinco minutos ao seu lado,

---

[69] "Livre-pensador."
[70] "Beata, devota."

naquele sofá, e já tinha começado a formar esquemas — e que outra coisa, senão os sentimentos de religião e a convicção de que eles existiram no seu peito, poderia os ter reprimido quando surgiam?

Não somos intransigentes, disse eu, tomando sua mão, — e há necessidade de toda sorte de controle, até que a idade, no seu próprio tempo, chegue sorrateira e o instale em nós — mas, minha cara dama, disse eu, beijando sua mão — é muito — muito cedo —

Declaro que tenho o mérito em toda Paris de reconverter Madame de V***. — Ela afirmou ao Monsieur D*** e ao Abbé M*** que, em meia hora, eu tinha dito mais a favor da religião que toda a enciclopédia deles tinha dito contra.[71] — fui incluído na *Coterie*[72] da Madame de V*** — e ela adiou a fase do deísmo por dois anos.

Lembro que foi nesta *Coterie*, no meio de um discurso, em que eu mostrava a necessidade de uma *causa primeira*, que o conde de Fainéant[73] me levou pela mão ao canto mais distante da sala para me dizer que a minha *solitaire*[74] estava muito apertada no pescoço — Seria *plus badinant*,[75] disse o conde, olhando para a sua — mas uma palavra, Monsieur Yorick, para *o sábio* —

— E vinda de um sábio, Monsieur le Comte, retruquei, fazendo uma mesura — *é suficiente*.

O conde de Fainéant abraçou-me com mais entusiasmo que qualquer outro homem.

Ao longo de três semanas, partilhei das opiniões de to-

[71] Provável referência a *L'Encyclopédie ou Dictionnaire raisonné des sciences, des arts, et des métiers*; Monsieur D*** pode ser uma referência ao seu editor chefe, Denis Diderot, e Abbé M*** pode ser uma referência a um colaborador, André Morellet.

[72] "Círculo de amigos."

[73] "Preguiçoso."

[74] "Gravata."

[75] "Mais vistoso."

STERNE

dos os homens que encontrei — *Pardi! ce Monsieur Yorick a autant d'esprit que nous autres.*[76] — *Il raisonne bien,*[77] disse outro. — *C'est un bon enfant,*[78] disse um terceiro. — E a esse preço, eu podia ter comido e bebido e me divertido todos os dias da minha vida em Paris, mas era um *ajuste* desonesto — e fui ficando envergonhado dele — era a paga de um escravo — todo sentimento de honra se rebelava contra ele — quanto mais alto eu chegava, mais eu era forçado ao meu *esquema pedinte* — quanto melhor a *Coterie* — maior era o número de filhos da Arte — eu desejava os da Natureza: e, uma noite, depois da minha demonstração mais vil de prostituição para meia dúzia de pessoas, cheguei ao limite — fui para a cama — pedi que La Fleur providenciasse cavalos de manhã para partirmos para a Itália.

MARIA — MOULINES

Nunca tinha visto, até aquele momento, de nenhuma forma, a aflição da fartura — viajar pelo Bourbonnois, a região mais adorável da França — no auge da vindima, quando a Natureza está derramando sua abundância no colo de todo mundo e todos os olhos estão voltados para o alto — uma viagem em que cada passo marca o compasso do *Trabalho* e todos os seus filhos regozijam-se ao levar seus cachos — atravessar isto com as minhas afeições se enfurecendo e se inflamando a cada grupo diante de mim — e todos eles mostravam-se prenhes de aventuras.

Meu Deus! — isto ocuparia vinte volumes — e ai de mim! Tenho apenas poucas páginas para encaixá-la —

---

[76] "Claro! Este sr. Yorick é tão inteligente quanto qualquer um de nós."

[77] "Ele raciocina bem."

[78] "É um bom sujeito."

e metade delas devem servir à pobre Maria, que meu amigo, sr. Shandy, conheceu perto de Moulines.[79]

A história que ele contou desta perturbada moça não me abalou pouco na leitura; mas, quando cheguei perto da região onde ela morava, ela voltou tão forte à minha cabeça, que não pude resistir a um impulso que me impelia a me afastar meia légua da estrada para a aldeia onde seus pais moravam, para perguntar por ela.

É ir, admito, como o Cavaleiro da Triste Figura,[80] em busca de aventuras melancólicas — não sei como, mas nunca tenho tanta consciência de que há uma alma em mim que quando nelas me enredo.

A velha mãe veio até a porta, seu aspecto contou a história antes que ela abrisse a boca — Ela perdera o marido; ele morrera, ela disse, de angústia por Maria ter perdido o juízo um mês antes. — Ela temeu, num primeiro momento, acrescentou, que aquilo privasse sua pobre filha do pouco discernimento que lhe restara — mas, pelo contrário, ela ficou mais centrada — ainda assim, ela não tinha descanso — sua pobre filha, ela disse, chorando, estava vagando em algum lugar na estrada —

— Por que meu pulso bate fraco quando escrevo isto? e o que fez com que La Fleur, cujo coração parecia só se ligar à alegria, levasse as costas da mão duas vezes aos olhos enquanto a mulher contava isto? Acenei para que o cocheiro retomasse a estrada.

Quando avançamos meia légua de Moulines, numa pequena abertura na estrada que levava a uma mata, descobri a pobre Maria sentada sob um álamo — ela estava sentada com o cotovelo apoiado no colo e a cabeça recostada numa mão — um pequeno riacho corria ao pé da árvore.

---

[79] Refere-se ao capítulo XXIV do volume IX do *Tristram Shandy*, em que Tristram relata como conheceu Maria.

[80] Sancho referindo-se a Quixote (v. I, 19).

Pedi ao cocheiro que seguisse para Moulines — e a La Fleur que providenciasse meu jantar — eu iria depois.

Ela estava de branco e muito parecida com a descrição que meu amigo fizera, com exceção de que os cabelos estavam soltos, antes ficavam enrolados numa rede de seda. — Tinha, além da jaqueta, uma fita verde-clara que lhe caía dos ombros até a cintura, na extremidade desta, a flauta. — Seu cabrito era tão falso quanto o amante, ela tinha um cachorrinho no lugar, que ela mantinha preso com um barbante à sua cintura; como olhei para o cachorro, ela o puxou pelo barbante para junto de si. — "Não me abandones, Sylvio", disse ela. Olhei nos olhos de Maria e percebi que ela estava pensando mais no pai que no amante ou no cabrito, pois ao pronunciar estas palavras, as lágrimas escorreram lentamente pelo rosto.

Sentei-me perto dela; e Maria deixou que eu as secasse, à medida que caíam, com o meu lenço. — Então o molhei com as minhas próprias lágrimas — e então com as suas — e então com as minhas — e então sequei as suas de novo — e, enquanto fazia, senti emoções tão indescritíveis em mim que estou certo de que não poderiam ser explicadas por nenhum tipo de combinação entre matéria e deslocamento.

Tenho certeza de que tenho alma, nem todos os livros com os quais os materialistas aborreceram o mundo podem me convencer do contrário.

MARIA

Quando Maria caiu um pouco em si, perguntei a ela se ela se lembrava de um homem pálido e magro que se sentara entre ela e o seu cabrito há cerca de dois anos? Ela disse que esteve muito perturbada naquele período, mas que lembrava por dois motivos — ainda que estivesse doente, ela viu que a pessoa se compadecia dela; e, depois, que o cabrito roubara seu lenço e que ela batera nele por

VIAGEM SENTIMENTAL

causa do roubo — ela o tinha lavado, ela disse, no riacho, e o guardava desde então no bolso para devolvê-lo no caso de vê-lo novamente, o que, acrescentou, ele tinha mais ou menos prometido a ela. Quando me contou isso, ela pegou o lenço do bolso para me mostrar; ela o tinha embrulhado cuidadosamente em duas folhas de videira, amarradas com uma gavinha — ao abri-lo vi um s marcado numa das pontas.

Ela contou que depois daquilo ela chegara até Roma e caminhara pela praça São Pedro — e voltara — que percorrera sozinha os Apeninos — atravessara toda a Lombardia sem dinheiro — e as estradas pedregosas de Sabóia sem sapato — como suportara e como fora ajudada, ela não tinha como explicar — mas Deus abranda o frio para o cordeiro tosquiado, disse Maria.[81]

Tosquiado, mesmo! e até o osso, disse eu; e se estivesses na minha terra, onde tenho uma choupana, te levaria lá e te abrigaria: comerias do meu pão e beberias da minha taça[82] — seria gentil com o teu Sylvio — em todas as tuas fraquezas e desvios, procuraria por ti e te traria de volta — quando o sol sumisse, eu faria as minhas preces e, quando acabasse, tocarias na flauta tua música noturna, nem o incenso do meu sacrifício seria mal recebido por entrar no paraíso com aquele de um coração partido.

A natureza comoveu-se em mim, quando falei isto; e Maria, me observando tirar o lenço, que já estava molhado demais para o uso, julgou necessário lavá-lo no riacho. — E onde secaria, Maria? disse eu — Eu o secarei no meu peito, disse ela — me fará bem.

E ainda há calor no seu coração, Maria? disse eu.

Toquei na corda em que pendiam todos os seus pesares — por algum tempo, ela olhou para mim com uma

---

[81] Tradução do ditado francês: "Dieu mesure le froid à la brebis tondue".
[82] Adaptado de 2Sm 12, 3.

perturbação melancólica; e, então, sem dizer nada, pegou a flauta e tocou para a Virgem — A corda que eu tinha tocado parou de vibrar — em um ou dois minutos Maria caiu em si — deixou a flauta cair — e se levantou.

E aonde você vai, Maria? disse eu. — Ela disse a Moulines. — Vamos juntos, disse eu. — Maria enlaçou seu braço no meu e alongou o barbante para que o cachorro pudesse acompanhar — foi assim que entramos em Moulines.

MARIA — MOULINES

Embora eu deteste saudações e cumprimentos em praças públicas,[83] quando chegamos no meio de uma, parei para dar uma última olhada e um último adeus a Maria.

Maria, embora não fosse alta, era de uma beleza ímpar — a aflição tocara sua aparência com algo de não-mundano — ainda assim era feminina — e havia nela tanto do que o coração deseja e o olhar busca numa mulher, que se os traços pudessem ser apagados da sua memória e os de Eliza da minha, ela *não apenas comeria do meu pão e beberia da minha taça*, bem como Maria dormiria no meu colo e seria como minha filha.[84]

Adieu, pobre moça desafortunada! — absorve o óleo e o vinho que a compaixão de um estranho em viagem derrama agora sobre tuas chagas[85] — somente aquele que te feriu duas vezes pode curá-las para sempre.

O BOURBONNOIS

Não tinha nada que eu tivesse relatado para mim mesmo como uma profusão tão alegre de emoções quanto esta viagem na vindima, por esta região da França; mas ao me forçar ali por este acesso de mágoa, os meus sofrimentos eram totalmente inadequados: em cada quadro

---

[83] Em contraste com Mc 12, 38.
[84] Adaptado de 2Sm 12, 3.
[85] Referência à parábola do bom samaritano em Lc 10, 33—4.

de celebração, eu via Maria, no fundo, sentada, pensativa, sob o álamo, e quase cheguei a Lyon sem conseguir encobri-la —

— Cara sensibilidade! fonte inesgotável de tudo que é precioso nas nossas alegrias ou custoso nos nossos pesares! acorrentaste teu mártir ao seu leito de palha — e és tu que o elevas ao PARAÍSO — eterna fonte de nossos sentimentos! — é aqui que te descubro — e é esta tua divindade que se agita dentro de mim — não em alguns momentos tristes e mórbidos, quando *"minha alma recua e se espanta com a destruição"* — mera exibição de palavras! — mas quando sinto algumas alegrias generosas e cuidados generosos superiores a mim — tudo emana de ti, grandioso — grandioso SENSÓRIO do mundo! que vibras quando um fio de cabelo cai no chão[86], no deserto mais remoto da tua criação. Tocado por ti, Eugenius cerra a minha cortina quando padeço[87] — escuta a minha narração de sintomas e culpa o tempo pela perturbação dos seus nervos.

Dás, às vezes, uma porção disso ao camponês mais rude que percorre as montanhas mais frias — ele encontra o cordeiro lacerado de outro rebanho — Neste momento, noto que ele inclina a cabeça no seu cajado, olhando, com pesar, para baixo — Oh! se eu tivesse chegado um minuto antes! — o cordeiro sangra até morrer — seu coração gentil sangra com ele —

Que a paz esteja contigo, generoso camponês! — te vejo partir em aflição — mas tuas alegrias anularão isto — pois feliz é a tua choupana — e feliz é quem a divide contigo — e felizes são os cordeiros que brincam ao teu redor.

---

[86] Remete a várias passagens bíblicas, por exemplo, 1Rs 1, 52; 1Sm 14, 45; 2Sm 14, 11; Lc 12, 7.

[87] Referência ao capítulo XII do volume I do *Tristram Shandy*, em que há o relato do último encontro entre Yorick e Eugenius e da morte de Yorick.

O JANTAR

Como uma ferradura estava a ponto de se soltar de uma das patas dianteiras do cavalo, na subida do monte Taurira, o cocheiro desceu, arrancou a ferradura e a pôs no bolso; já que a subida era de oito a dez quilômetros e como dependíamos principalmente daquele cavalo, insisti que recolocasse a ferradura, da melhor maneira possível; mas o cocheiro tinha jogado os pregos fora e como o martelo na caixa da boléia pouco valia sem eles, submeti-me a seguir.

Não tínhamos avançado nem oitocentos metros na subida, quando, num trecho pedregoso da estrada, o pobre diabo perdeu uma segunda ferradura e da outra pata dianteira; então desci determinado da carruagem e, vendo uma casa a cerca de quatrocentos metros à esquerda, tendo muito pela frente, convenci o cocheiro a seguir para lá. A aparência da casa e de tudo que a rodeava, enquanto nos aproximávamos, logo me resignou com o contratempo. — Era uma pequena casa de fazenda rodeada por cerca de vinte acres de vinhas e outros vinte de trigo — e perto da casa, de um lado, uma *potagerie*[88] de um acre e meio de extensão, com todas as coisas que traria fartura à casa de um camponês francês — e, do outro lado, um pequeno bosque que fornecia recursos para o preparo. Eram umas oito da noite quando cheguei à casa — então deixei o cocheiro resolver sua questão como pudesse — e, quanto a mim, entrei direto na casa.

A família consistia em um velho de cabelos grisalhos e sua mulher, cinco ou seis filhos e genros, suas várias esposas e uma alegre descendência deles.

Estavam todos sentados para tomar uma sopa de lentilha, um grande pão de trigo estava no centro da mesa e

---

[88] "Horta."

uma jarra de vinho, em cada extremidade, prometia alegria nas etapas da refeição – era um banquete de amor.

O velho levantou-se para vir ao meu encontro e, com cordialidade respeitosa, fez com que eu me acomodasse à mesa; meu coração se acomodara no momento em que entrei na sala, então sentei-me de uma vez como um filho da família e, para entrar no personagem o mais rápido possível, peguei emprestada imediatamente a faca do pai e, tomando o pão, cortei para mim uma fatia considerável e, ao fazê-lo, vi em cada olhar não apenas uma demonstração de recepção cordial, como uma mescla de agradecimento por eu aparentemente não ter duvidado.

Foi isso, ou me diga, Natureza, o que foi que fez aquele bocado tão doce – e a que mágica eu devo o fato de que o gole que tomei da jarra deles era tão delicioso que, até hoje, sinto seu gosto?

Se o jantar fora do meu agrado – a graça que se seguiu a ele foi muito mais.

A GRAÇA

Quando o jantar acabou, o velho bateu na mesa com o cabo da faca – para pedir que se preparassem para a dança: no momento em que o sinal foi dado, as mulheres e as garotas correram ao mesmo tempo para um cômodo nos fundos para amarrar o cabelo – os rapazes, para a porta, para lavar o rosto e trocar os tamancos; e, em três minutos, todos estavam prontos para começar, num pequeno espaço, diante da porta da casa – O velho e sua esposa saíram por último e, colocando-me entre eles, sentaram-se num sofá de relva, do lado da porta.

O velho tinha sido um bom tocador de rua, uns cinqüenta anos antes – e, com a idade que tinha então, tocava suficiente bem para aquele propósito. Sua esposa, vez em quando, cantava acompanhando a música

— então parava — e se juntava ao marido de novo enquanto
seus filhos e netos dançavam diante deles.

Foi na metade da segunda dança que, por causa de
algumas pausas no movimento em que todos pareciam
levantar o olhar, tive a sensação de poder experimentar
uma transcendência de espírito diferente daquela que é a
causa e o efeito do simples regozijo. — Resumindo, pensei
que tinha visto a *Religião* combinada à dança — mas como
nunca a tinha visto aplicada daquela forma, eu a teria en-
carado como uma das ilusões de uma imaginação que está
sempre me enganando, não fosse o velho, tão logo a dança
acabou, ter dito que aquela era a forma constante que eles
tinham, e que durante toda a sua vida ele transformou em
hábito, de depois do jantar, chamar a família para dançar
e exultar; por acreditar, ele disse, que um espírito alegre
e contente era o melhor agradecimento aos céus que um
camponês iletrado podia fazer —

— Um prelado instruído também, disse eu.

O CASO DE DELICADEZA

Quando você chega ao cume do monte Taurira, você
desce diretamente para Lyon — *adieu* então a todos os movimentos rápidos! É uma viagem de prudência; e é melhor viajar com os sentimentos sem precipitá-los; então
contratei um *vetturino*[89] para seguir sem pressa com duas
mulas e me conduzir a salvo na minha própria carruagem
a Turim, por Sabóia.

Pobre povo honesto, manso e paciente! não tema; a
pobreza, fonte das suas virtudes simples, não será motivo
de inveja para o mundo, nem seus vales serão invadidos.
— Natureza! em meio às tuas perturbações, ainda és bené-
vola com a escassez que criaste — com todas as tuas grandes obras que te rodeiam, pouco deixaste para dar tanto

---

[89] "Cocheiro", em italiano.

à segadeira quanto à foice — mas a esse pouco concedeste segurança e proteção, e doces são os lares assim guardados.

Deixe o viajante exausto dar vazão às queixas sobre as repentinas curvas e os perigos das suas estradas — suas rochas — seus precipícios — as dificuldades de subir — os horrores de descer — montanhas impraticáveis — e catara-tas, que fazem rolar imensas pedras dos topos e bloqueiam sua estrada. — Os camponeses levaram todo o dia para re-mover um bloco deste tipo, entre Saint Michel e Modane; e, quando meu *vetturino* chegou ao lugar, restavam duas horas inteiras para que concluíssem, até que se pudesse abrir uma passagem: nada podia ser feito além de esperar com resignação — era uma noite úmida e tempestuosa, de tal forma que, juntando isto ao atraso, o *vetturino* se viu obrigado a fazer uma parada a oito quilômetros da sua pa-rada habitual, numa pequena pousada do tipo decente, à beira da estrada.

Sem demora, peguei um quarto — acendi um belo fogo na lareira — pedi jantar e estava agradecendo aos céus por não ser pior — então uma carruagem chegou com uma mulher e sua criada.

Como não tinha outro quarto vago na pousada, a proprietária, sem muita delicadeza, conduziu-as ao meu quarto, dizendo, enquanto as acompanhava, que não ti-nha ninguém lá, só um cavalheiro inglês — que havia duas camas boas e um quartinho com outra — o tom que usou para falar desta terceira não lhe era muito favorável — de qualquer modo, ela disse, havia três camas para três pessoas — e ousou dizer, o cavalheiro estaria disposto a fazer tudo para ajustar as coisas. — Não deixei um minuto para que a senhora pensasse no assunto — então de pronto declarei que faria qualquer coisa que estivesse ao meu alcance.

Como isto não significava uma entrega absoluta do meu quarto, ainda me sentia proprietário dele para ter o direito de lhe fazer as honras – então pedi que a mulher se sentasse – insisti para que ficasse com o lugar mais quente – pedi mais lenha – disse à proprietária que fizesse mais comida para o jantar e que nos honrasse com o melhor vinho.

A mulher mal tinha se aquecido na lareira por cinco minutos e começou a virar a cabeça para trás para olhar as camas, quanto mais lançava o seu olhar naquela direção, mais perplexo ficava – senti pena dela – e de mim; pois, em poucos minutos, em parte pela sua expressão, em parte pelo caso mesmo, senti-me tão constrangido quanto a mulher poderia estar.

O fato de as camas em que nos deitaríamos estarem no mesmo quarto já era suficiente por si só para provocar tudo isto – mas a posição delas, pois ficavam paralelas e tão próximas que só dava espaço para uma pequena cadeira de vime entre elas, fazia com que a situação fosse ainda mais vexaminosa para nós – além do mais, estavam dispostas perto da lareira, e a saliência da chaminé de um lado e uma viga grossa, que atravessava o quarto, do outro, formavam um tipo de encaixe para elas, que não era de maneira nenhuma favorável à sutileza das nossas sensações – se algo ainda podia contribuir para o quadro, havia o fato de que as duas camas eram tão pequenas que afastava qualquer possibilidade de a mulher e a criada dormirem juntas; o que, em qualquer uma, se fosse viável, eu estaria deitado do lado delas, embora não fosse desejável, ainda assim, não tinha nada de tão terrível que a imaginação não pudesse tolerar, sem tormento.

Quanto ao quartinho, oferecia pouco ou nenhum consolo para nós, era úmido e frio e estava com uma veneziana quebrada e uma janela que não tinha vidro nem papel impermeável que impedisse a entrada da tempestade da noite. Não me esforcei para abafar a tosse quando a mulher o espiou; o que reduziu o caso em questão a duas alternativas — a mulher sacrificaria a sua saúde em nome dos sentimentos, ficaria com o quartinho para ela e deixaria a cama do lado da minha para a criada — ou a garota ficaria com o quartinho, &c. &c.

A mulher era uma piemontesa de cerca de trinta anos com um rubor de saúde no rosto. — A criada era uma lionesa de vinte anos, mais forte e alegre que qualquer outra moça francesa. — Havia dificuldades por todos os lados — e o obstáculo da pedra na estrada, que nos forçou a esta aflição, por ser tão grande ao ser removida pelos camponeses, não passava de um cascalho em relação ao que se apresentava diante de nós então — só tenho a acrescentar que aquilo não reduzia o peso sobre os nossos espíritos e que éramos corteses demais para comunicar o que sentíamos um para o outro acerca da situação.

Sentamo-nos para jantar, e se não tivéssemos tido um vinho mais generoso para acompanhar do que aquele que uma pequena pousada da Sabóia podia oferecer, nossas línguas teriam ficado presas até que a necessidade mesma as libertasse — mas a mulher tinha algumas garrafas de borgonha na carruagem e mandou a sua *fille de chambre* buscar duas; assim, quando acabou o jantar, ficamos sozinhos e nos sentimos inspirados com uma força de caráter suficiente para conversar, pelo menos, sem reservas, a respeito da nossa situação. Nós a reviramos de todas as maneiras, discutimos e consideramos de todos os ângulos ao longo de duas horas de negociação, no fim do que os termos foram finalmente fixados entre nós e estipulados com forma e estilo de um tratado de paz — e acredito que, com tanta fé e lisura de ambas as partes, quanto qualquer tratado que já teve a honra de ser transmitido à posteridade.

Eram os seguintes:

Primeiro. Como o direito ao quarto cabe ao Monsieur — e ele acredita que a cama mais próxima à lareira é

mais aquecida, ele insiste na concessão da mesma para a
senhora.

Concedido, por parte da Madame, com uma ressalva;
Que, como o cortinado daquela cama é de um fino algo-
dão transparente, e parece igualmente reduzido para ser
fechado, que a *fille de chambre* feche a abertura com grandes alfinetes ou agulha e linha, de tal forma que forme
uma barreira suficiente para o lado do Monsieur.

Segundo. Solicita-se da parte da Madame que o Monsieur use toda a noite o seu robe.

Negado: visto que Monsieur não possui um robe; ele
só tem na mala seis camisas e um culote de seda preto.

A menção do culote de seda preto levou a uma mu-
dança completa do artigo — pois o culote foi aceito como
equivalente do robe e, assim, ficou estipulado e acordado
entre as partes que eu podia usar o culote a noite toda.

Terceiro. A senhora insiste e estipula que depois que
Monsieur estiver na cama e a vela e a lareira apagadas,
que Monsieur não pronuncie uma única palavra a noite
inteira.

Aceito; contanto que as preces do Monsieur não sejam
consideradas infrações do tratado.

Houve uma questão esquecida neste contrato, que era
como eu e a senhora devíamos proceder para nos despir-
mos e irmos para a cama. — Só havia uma maneira de
fazer isso, o que deixo para o leitor imaginar; protestando,
ao fazê-lo, que se não for a mais delicada, a culpa cabe
à sua própria imaginação — contra a qual não é a minha
primeira reclamação.

Quando fomos dormir, não sei se pelo inusitado da situação, ou por que motivo; só sei que foi assim, não conseguia fechar meus olhos; tentei de um lado e do outro,
virei e virei de novo, até uma hora inteira depois da meia-

VIAGEM SENTIMENTAL

154 noite; com a Natureza e a paciência se esgotando — Oh, meu Deus! disse eu —

— Você rompeu o tratado, Monsieur, disse a senhora, que tampouco tinha conseguido dormir — Pedi mil perdões — mas insisti que não fora mais que uma jaculatória — ela manteve que era uma violação total do tratado — eu mantive que aquilo estava previsto no terceiro artigo.

A senhora não abria mão de jeito nenhum do seu ponto de vista, embora tenha debilitado sua barreira; pois, no calor da discussão, escutei dois ou três alfinetes caírem da cortina no chão.

Dou a minha palavra, Madame, disse eu — estendendo o braço para fora da cama, para fazer uma asseveração —

— (Ia acrescentar que eu não teria violado a idéia mais remota de decência por nada) —

Mas a *fille de chambre*, escutando a discussão entre nós e temendo que hostilidades se seguissem, deslizou silenciosa do quartinho, e, como estava totalmente escuro, chegou despercebida, tão perto de nossas camas, que entrou no estreito vão que as separava e avançou tanto que ficou alinhada entre mim e a patroa —

Então, quando estendi a mão, toquei a *fille de chambre* pela[90]

FIM DO VOLUME II

---

[90] Sterne previa quatro volumes para o romance. Os primeiros dois volumes foram revisados por ele e publicados três semanas antes de sua morte. A última frase do segundo volume está incompleta por intenção do autor. Os outros dois volumes não foram sequer começados.

ÍNDICE

|155

Introdução, por Luana F. de Freitas e Walter C. Costa 9

VIAGEM SENTIMENTAL PELA FRANÇA E ITÁLIA 21

Volume I 23
Aviso 23
Viagem sentimental – &c. &c. 23
Calais 24
O monge – Calais 25
O monge – Calais 27
O monge – Calais 28
O désobligeant – Calais 29
Prefácio no désobligeant 29
Calais 34
Na rua – Calais 36
A porta da cocheira – Calais 37
A porta da cocheira – Calais 39
A caixa de rapé – Calais 41
A porta da cocheira – Calais 43
Na rua – Calais 44
A cocheira – Calais 46
A cocheira – Calais 47
A cocheira – Calais 48
Na rua – Calais 49
Montreuil 51
Montreuil 53
Montreuil 54
Montreuil 55
Um fragmento 56
Montreuil 57
O bidet 60
Nampont – o asno morto 62
Nampont – o cocheiro 64

VIAGEM SENTIMENTAL

Amiens	65
A carta – Amiens	67
A carta	70
Paris	71
A peruca – Paris	72
O pulso – Paris	74
O marido – Paris	76
As luvas – Paris	78
A tradução – Paris	79
O anão – Paris	81
A rosa – Paris	85

Volume II	**89**
A fille de chambre – Paris	89
O passaporte – Paris	93
O passaporte – o hotel em Paris	95
O prisioneiro – Paris	98
O estorninho – a estrada para Versalhes	100
O pedido – Versalhes	101
Le pâtissier – Versalhes	104
A espada – Rennes	106
O passaporte – Versalhes	108
O passaporte – Versalhes	111
O passaporte – Versalhes	113
O passaporte – Versalhes	115
Caráter – Versalhes	116
A tentação – Paris	118
A conquista	121
O mistério – Paris	121
O caso de consciência – Paris	123
O enigma – Paris	125
Le dimanche – Paris	126
O fragmento – Paris	129
O fragmento – Paris	130
O fragmento e o bouquet – Paris	134
O ato de caridade – Paris	134
O enigma esclarecido – Paris	137
Paris	137
Maria – Moulines	141

STERNE

Maria – Moulines	141
Maria	143
Maria – Moulines	145
O bourbonnois	145
O jantar	147
A graça	148
O caso de delicadeza	149

Índice

155

TÍTULOS PUBLICADOS

1. *Iracema*, Alencar
2. *Don Juan*, Molière
3. *Contos indianos*, Mallarmé
4. *Auto da barca do Inferno*, Gil Vicente
5. *Poemas completos de Alberto Caeiro*, Pessoa
6. *Triunfos*, Petrarca
7. *A cidade e as serras*, Eça
8. *O retrato de Dorian Gray*, Wilde
9. *A história trágica do Doutor Fausto*, Marlowe
10. *Os sofrimentos do jovem Werther*, Goethe
11. *Dos novos sistemas na arte*, Maliévitch
12. *Mensagem*, Pessoa
13. *Metamorfoses*, Ovídio
14. *Micromegas e outros contos*, Voltaire
15. *O sobrinho de Rameau*, Diderot
16. *Carta sobre a tolerância*, Locke
17. *Discursos ímpios*, Sade
18. *O príncipe*, Maquiavel
19. *Dao De Jing*, Laozi
20. *O fim do ciúme e outros contos*, Proust
21. *Pequenos poemas em prosa*, Baudelaire
22. *Fé e saber*, Hegel
23. *Joana d'Arc*, Michelet
24. *Livro dos mandamentos: 248 preceitos positivos*, Maimônides
25. *O indivíduo, a sociedade e o Estado, e outros ensaios*, Emma Goldman
26. *Eu acuso!*, Zola | *O processo do capitão Dreyfus*, Rui Barbosa
27. *Apologia de Galileu*, Campanella
28. *Sobre verdade e mentira*, Nietzsche
29. *O princípio anarquista e outros ensaios*, Kropotkin
30. *Os sovietes traídos pelos bolcheviques*, Rocker
31. *Poemas*, Byron
32. *Sonetos*, Shakespeare

33. *A vida é sonho*, Calderón

34. *Escritos revolucionários*, Malatesta

35. *Sagas*, Strindberg

36. *O mundo ou tratado da luz*, Descartes

37. *O Ateneu*, Raul Pompéia

38. *Fábula de Polifemo e Galatéia e outros poemas*, Góngora

39. *A vênus das peles*, Sacher-Masoch

40. *Escritos sobre arte*, Baudelaire

41. *Cântico dos cânticos*, [Salomão]

42. *Americanismo e fordismo*, Gramsci

43. *O princípio do Estado e outros ensaios*, Bakunin

44. *O gato preto e outros contos*, Poe

45. *História da província Santa Cruz*, Gandavo

46. *Balada dos enforcados e outros poemas*, Villon

47. *Sátiras, fábulas, aforismos e profecias*, Da Vinci

48. *O cego e outros contos*, D.H. Lawrence

49. *Rashômon e outros contos*, Akutagawa

50. *História da anarquia (vol. 1)*, Max Nettlau

51. *Imitação de Cristo*, Tomás de Kempis

52. *O casamento do Céu e do Inferno*, Blake

53. *Cartas a favor da escravidão*, Alencar

54. *Utopia Brasil*, Darcy Ribeiro

55. *Flossie, a Vênus de quinze anos*, [Swinburne]

56. *Teleny, ou o reverso da medalha*, [Wilde]

57. *A filosofia na era trágica dos gregos*, Nietzsche

58. *No coração das trevas*, Conrad

59. *Viagem sentimental*, Sterne

60. *Arcana Cœlestia e Apocalipsis revelata*, Swedenborg

Edição _	Bruno Costa
Co-edição _	Alexandre B. de Souza e Jorge Sallum
Capa e projeto gráfico _	Júlio Dui e Renan Costa Lima
Programação em LaTeX _	Marcelo Freitas
Consultoria em LaTeX _	Roberto Maluhy Jr.
Revisão _	Hedra
Colofão _	Adverte-se aos curiosos que se imprimiu esta obra nas oficinas da gráfica Vida & Consciência em 7 de novembro de 2008, em papel off-set 90 gramas, composta em tipologia Walbaum Monotype de corpo oito a treze e Courier de corpo sete, em plataforma Linux (Gentoo, Ubuntu), com os softwares livres LaTeX, DeTeX, VIM, Evince, Pdftk, Aspell, SVN e TRAC.